その6
KEIKENZUMINAKIMITO
経験済みなキミと、
KEIKENZERONAOREGA
経験ゼロなオレが、
OTSUKIAISURUHANASHI
お付き合いする話。

cters
白河月愛《しらかわ るな》
加島龍斗《かしま りゅうと》

chara
山名笑琉《やまな にこる》
黒瀬海愛《くろせ まりあ》

cters
伊地知《いじち》祐輔《ゆうすけ》
仁志名《にじな》蓮《れん》

chara
関家柊吾《せきや しゅうご》
谷北朱璃《たにきた あかり》

君を押し倒してめちゃくちゃに愛し合う妄想は、
頭の中で何百、何千回繰り広げられたかわからない。
でも、君に会うと、俺は君に優しくしたくなってしまうんだ。

経験済みなキミと、経験ゼロなオレが、お付き合いする話。その6

長岡マキ子

ファンタジア文庫

3283

口絵・本文イラスト　ｍａｇａｋｏ

CONTENTS

プロローグ

「卒業式で好きな人に第二ボタンを贈るのは、心臓に一番近いところにあるからなんだって」

そう言ってはにかんだ月愛《るな》の顔は、昨日のことのように鮮明に思い出せる。

「じゃあ、あたしは、これかな」

恥ずかしそうに微笑《ほほえ》んで、彼女が俺に渡してくれたもの。

制服のリボン。

あの日からずっと、部屋の机の引き出しに保管してある。

「あんま洗ってないから、変な匂いしたら恥ずっ！　香水かけとくねっ！」

照れ隠しのように明るく笑って、外したリボンに香水を何プッシュもしていた光景が、俺が最後に見た、制服姿の月愛の記憶だ。

むせかえるほど染《し》みついていたフローラルだかフルーティだかな匂いは、今でも、引き出しを開けるとほのかに香る。

その香りを嗅ぐと思い出す。

どうしようもなく青くて、苦くて。

背伸びしても決して届かないものに憧れて、空に向かって懸命に手を伸ばしていた、あの日々のことを。

「……リュートのも、くれる？」

上目遣いに俺を見た月愛が、頷《うなず》く俺のネクタイに手をかけて……。

「……なんか、奥さんみたいだね」

と、くすぐったそうに微笑んだ。

「ネクタイほどくのが？　結ぶ方じゃなくて？」

「えっ？　お仕事帰ってきたときとか……やってみたいんだけど、ダメ？」

「嬉《うれ》しいけど……ちょっとムラムラしそう」

俺の言葉に、月愛はポッと頬を染めて。

「もぉ……えっち」

俺の胸を手で押して、恥ずかしさを堪《こら》えるようにつぶやいた。

その掌《てのひら》のぬくもりは、服も肌も突き抜けて、そのまま心臓に達したみたいな気がして。

俺の心は、今もどうしようもなく月愛にとらわれている。

6

あの日からもう、二年の月日が経《た》とうとしているのに。

第一章

ピリリリリリ……ピリリリリリ……。

しんと冷えた空気を揺らすように、耳の横でスマホのアラーム音が鳴り響いている。

「んー……」

デバイスを手に取り、スヌーズを押さないように「停止」の文字を確認して、ボタンに触れる。

時刻は七時。

「……ふぅ」

ここで二度寝してしまっては意味がない。気合を入れて目を開ける。

頭の上にある窓から、カーテンの隙を突いてまぶしい光が漏れ出していた。天気は良さそうだ。

一通りの身支度を終えて、昨日の夜用意した鞄《かばん》の中身を、もう一度確認する。

「今日は四限まで全部あるから……」

テキスト類が多めなので、デイバッグに活躍してもらう日だ。

黒い箱形のデイバッグは、新品だった頃に比べればくたびれた感はあるけれども、まだまだ現役で活躍している。予備校生活も受験シーズンも、こいつと一緒に乗り切ってきた。

「……っと」

そんな相棒を背負った俺は、廊下に出て、リビングの方に向かって声をかける。

「いってきまーす」

いってらっしゃい、と顔をのぞかせた母親の方を一瞬見てから、俺は靴を履いて玄関を出た。

「寒っ……」

思わず声が出た。

朝の外気は、耳や額、わずかばかりに露出した地肌を刺すほどに冷えている。まばたきの一瞬にも、自分のまつ毛の冷たさを感じる。

コートのポケットに手を突っ込み、入れっぱなしだった手袋を、いそいそと装着した。

これは、一年前のクリスマスに彼女がプレゼントしてくれたものだ。もちろん手作りではなく、もこもこと暖かくてスマホも操作できる優れものだ。

駅前に近づくに連れて、道を歩く人の密度が高くなる。改札に入る頃には、袖が触れ合うほどだ。

この時間のK駅から出発する電車は、ホームに溢《あふ》れた人を取りこぼしてもなお、地獄のように混んでいる。隣のA駅でどっと人が降りるから一駅だけの我慢なのだけれども、一限があるときはこれだから憂鬱な気分になる。

最初の方に乗車した俺は、奥のドア付近まで押し込まれて、冷たい窓に顔を押しつけるように体重を預けていた。スマホも出せず、外の景色をうつろに眺めるしかない。

大学に入って二度目の冬になるが、この時季の乗車率は、人々が着込んだ分厚い外套《がいとう》のせいで、夏の一・五倍くらいに思える。

さっきまで感じていた底冷えするような寒さは、猛烈な熱気と湿気に変わって押し寄せる。毎度後悔するのだけれども、一瞬の満員電車のために薄着するわけにもいかないから、仕方ない。

ふと、電車は土手に差し掛かって、鉄橋の上を走る。目の前に現れた桜並木に、思わず視線が引き寄せられた。

冬の桜並木は、葉っぱ一つなく、茶色く沈んでいて物悲しい。

あの桜並木で嬉しそうに微笑んだ月愛の顔を思い出して、胸がきゅっと締めつけられる。

俺の気持ちは、今でもあの日のままだ。

A駅を過ぎると、立っていても他人の圧力を感じずに済むくらいの余裕は生まれる。

俺は、運良く空いた座席に滑り込んだ。優先席でもないので、しばらくは落ち着いた時間を過ごすことができる。

スマホを開いて、メッセージを確認する。


おはよー！

今月忙しいけどがんばるぅ

彼女からのメッセージは、まだ昨日の朝のままだ。

今日はどうだった？
おやすみ
おはよう
一限いってきます

昨日の自分の発言の続きに、再びメッセージを送って、そっとアプリを閉じた。そして、手にしたスマホをじっと見る。男子の趣味としては多少ファンシーに思えるスマホカバーは、彼女とのおそろい三代目だ。

大学の最寄駅《もよりえき》で降りるのは、会社員と学生ばかりだ。みんな早歩きで、足元ばかり見ている。

歩きながらスマホを確認してみたけれども、彼女からの返信はまだ来ていない。

「…………」

こんなにダサい法応生《ほうおう》は、このキャンパスに俺一人かもしれない。

そう思いながら、見慣れた瀟洒《しょうしゃ》な正門をくぐった。

定刻の十分近く前に教室に着くと、なぜか授業はもう始まっていた。

「今日は私が会議で十五分早く出るので、先にプリントを配っておきます」

マイクがなければ絶対に通らないボソボソ声で、教壇の老齢男性教授が学生たちの方を見ずに言った。

数百人収容できる大教室には、朝イチという時間帯と教授のフライングのため、まだ数えるほどしか学生が集まっていない。

古代ギリシアの劇場のような階段状の長机は、下に降りるほど一列の長さが短くなり、教卓に近くなる。

経験上、授業が開始してからも漸次学生はやってきて、しかも友人たち何人もでつるむ連中は決まって後方を陣取るので、半分から後ろは人口密度が高くなる。それを回避するため、俺は前の方に進んで、三列目に着席した。

「はい」

教授から、目も合わさずプリントの束を渡された。三列目には俺しかおらず、しかも四、五列目には誰も着席していないので、わざわざ立ち上がって六列目の学生にプリントを届けなければならない。

六列目にいるのは、隣り合って座る男女の学生だった。

俺が無言でプリントの束を渡すと、女子の方がチラッと俺の顔を確認する。

「……じゃね？」

「ふふふっ、やだぁ」

二人に背を向けて席に帰る途中、後ろから彼らの戯《たわむ》れるような会話が聞こえてきて、少し癇《かん》に障《さわ》った。

授業は、いつも通り退屈だった。

単位が取りやすいという理由だけで選んだ一般教養の記号論理学の講義は、マニアックすぎて教授の言っていることがさっぱりわからない。一説によると、教科書として数千円もする分厚い自著を毎年数百人の学生に売りつけることだけが、教授の狙いらしい。その説を裏づけるように、講義自体はほとんど教科書の読み上げに終始しているので、前期の時点でノートを取る気はなくなった。

出席票を集めない講義だから、教科書を読んで学期末のテストだけ受けに来る学生も少なくないという。確かに、前期試験時、教室の座席が見たこともないほど満杯になってびっくりした。

「……では、今日はこれで。次回は次のセクションに入ります」

今日も内容が何一つわからないまま講義が終了して、教授はそそくさと荷物をまとめて帰っていった。

「…………」

虚無だ……と思いながら、それを語り合う友達もいないので、一人で教科書を鞄にしまって退室する。

「なー、俺この授業全然わかんねぇんだけどヤバくね？」

「俺もー」

「虚無すぎるわ」

「それなー」

「毎回出てるやつはわかってんのかな？」

「さぁ。俺も今期出るの二度目だし」

「マジかぁ」

同じ講義に出ていた男子学生二人組が、ぴったり後ろをついてくる。

「つかさ、ユカリがこれから品川でパフェ食べるらしいんだけど」

「マジー？」

「インスタ上げてるからメッセしたら『来る？』って。一緒に行かね？」

「え、お前二限は？」

「イイダに頼めばよくね？　あいつなら出るっしょ」

「あーね。じゃあ俺も行くわ」

「つかさ、ユカリ、彼氏と別れそうらしいんだけど」

「マジ？　広告代理店の？」

「俺相談されたんだけど、てことはワンチャンあんじゃね？」

「いや、さすがにミスコン出場者は偏差値高すぎっしょー」

早く離れたいから行きたくもないトイレに立ち寄ったのに、二人もそのまま入ってきて、なんと三人並んで小用を足すことになってしまう。

「てかお前、ユカリもいいけど、前言ってたサークルの後輩はどうなったん？」

「あー、あれはまぁキープで」

「セフ？」

「んーまぁ、友達以上セフ未満かね。リピは全然アリ寄りのアリだけど、ちょっと彼女ヅラされそうになったから放流してる。そーゆーお前は最近どーよ？」

「俺はスト行ってるわ。法応の女子はプライド高いけど、学外だったら可愛《かわい》い子ランチバイキング状態よ。学生証見せながらナンパしてみ？」

「マジ？　そんなんでイケんの？」

「イケるイケる。やっぱ法応ブランドってすげーよ。法応ボーイってだけで女の目の色変わるから」

「マージかー。そりゃ使わねー手はねーわな」

「まー、ユカリみたいな子、彼女にできたら最高だけどな。俺は手堅く遊ぶわ」

「ギャハハ。おかしくね、それ」

うん。おかしいよね、それ。

「あーでも二限サボったら三限だりぃな」

「それなー。もう今日は自主休講でいいわ」

石鹸《せっけん》を何度も付け直して入念に手洗いしていると、二人は先にトイレを出て行ってくれた。

ほっとした。

と同時に、どっと疲れた。

「あんなのと同じ法応生なのか俺は……」

誰もいないトイレの手洗い場に佇《たたず》み、ハンカチで手を拭いていたら、やるせなくなって、つい独り言が出てしまった。

——学外だったら可愛い子ランチバイキング状態よ。

そうなのか。

ちょっと、いや、かなり妬ましい……と思いつつも、俺にはそんな勇気はないし、そもそもれっきとした彼女がいる。

仮に彼女がいなかったとしても、そんなに次々に知らない女の子と仲良くなるなんて、人見知りの陰キャにはハードルが高すぎて、考えただけで心が壊れそうだ。

そう、大事なのは心だ。

俺は可愛い女体と付き合いたいわけじゃない。

一人の人間として向き合った結果、しっかり心を通わせることができた女の子と……その子とだからこそ、安心してイチャイチャできるんだ。

最近してないけど……。

「…………」

そうだ、と思い出してスマホを見ると、相変わらずメッセージは俺の「いってきます」で止まっていた。

「…………」

再び心が寒くなって、俺はよろよろと二限の教室に向かった。

そうして二限もつつがなく終わり、俺が訪れたのは学食だ。二限と三限がある日は、時間がないので昼食は必然的に学内でとるという選択になる。

　広々としたホールのような大食堂もあるが、その上にある、教室っぽい部屋に会議室のような長テーブルとパイプ椅子が並べられた、殺伐としたこの食堂がお気に入りだ。雰囲気は殺伐としているが、料理はボリュームがあって美味《おい》しい。このキャンパスには他に、ホテルシェフがメニューを監修しているというオシャレな内装のカフェテリアもあるが、女子率が高くて陰キャには勇気がいるので、一度しか行ったことがない。

　ここは何せ殺伐としているから、とにかく腹が減っていて大盛りにありつきたい運動部とか、一人でやってきて終始スマホを見て食事を終える学生が多い。

　俺はそれほど大食いではないが、安くてボリュームがあるのは男子としてありがたい。

　看板メニューのカツカレーの食券を買って引き換え、トレイを持って席に着き、黙々とスプーンを口に運び始めたときだった。

「加島《かしま》殿。やはり此方《こちら》におられたか」

　同じくカツカレーの載ったトレイを隣に置いて、声をかけてくる人物がいた。

「久慈林《くじばやし》くん」

　文学部国文学科専攻の二年生、俺の大学での唯一の友達、久慈林晴空《はるく》くんだ。

　久慈林くんとは、一年のときの語学の授業で一緒だった。授業でペアになって話した際、お互い陰キャなことがわかって意気投合し、以来、この華々しいキャンパスの日陰で、身を寄せ合うように交友している。

「如何《いかが》した？　貴君、何やら元気がないように見受けるが」

久慈林くんの喋《しゃべ》り方は、聞いての通りクセがすごい。

なんでも中学一年生の頃、陰キャすぎて五月になってもクラスの誰にも話しかけることができない自分に焦《あせ》り、「いつもと違うキャラになってみたら話せるかもしれない」と思い立って文語調で話しかけてみたところ、クラスメイトに大ウケして人気者になり、それ以降、この喋り方でないと人と話せなくなってしまったらしい。

「いや、それがちょっと……同じ講義にいたチャラい法応生見たらテンション下がっちゃって」

本当は彼女からの返信がないことも気になっているのだが、久慈林くんに彼女の話をすると機嫌を損ねるので、出会ってすぐに言うのはやめておく。

「ほう、それは興味深い。貴君でも斯様《かよう》なことがあるのか。小生よりは何倍もリア充であろうに」

ちなみに、久慈林くんのこの喋り方は完全に「それっぽい」だけなので、何時代のどの階級の喋り方を模倣しているとかはないらしい。だから、英語を無理に和語変換するお笑い芸人のようなポリシーはないようだ。

「いや、それを言うなら久慈林くんは俺の何倍も男前じゃん」

そう、久慈林くんはこんなキャラだけど顔がいい。眉やまつ毛が濃く、くっきりとした彫りの深い目鼻立ちは、一見ラテン系の人種の血が混ざっているように見えるが、両親共に純日本人だそうだ。身長は俺よりちょっと高いものの体格はほぼ標準的だから、それはそれで納得するけど。

ただ、久慈林くんは近視がすごくて、分厚い黒縁メガネをかけている。だから濃い顔立ちがやたらとくどく見えて、残念ながら女の子にモテそうな雰囲気はない。俺も、知り合って数週間後に一緒にラーメン屋に行き、湯気で曇ったメガネを外す姿を見るまでは、彼がそんなにイケメンだと思っていなかった。

俺が褒めているのに、久慈林くんはスプーンを手に取ってシニカルに笑う。

「小生に左様なことを言うのは貴君だけだ」

「そりゃ他に友達いないからでしょ。……お互いね」

「はっ、はっ、はっ」

久慈林くんの古典芸能っぽい笑い声を聞きながら、俺はカツカレーを味わう。

久慈林くんは、俺の大学でのオアシスだ。

「しかし、道化だった小生と違って、貴君には高校時代の友人がおろう。もう連絡を取ったりはせぬのか？」

「あー……」

カレーを食べる手を止めて、俺は目の前を見つめた。向こうのテーブルでは、運動部と思《おぼ》しきいかついガタイの男子学生が、カツカレーを二皿並べてかき込んでいる。

「……そういえば、しばらく連絡してないな。元気そうなのは知ってるけど」

イッチーは今でも参加キッズをやっているので、ＫＥＮの動画やTwitterで存在が確認できる。ニッシーも、ゲームのディスコードが時々オンラインになっているので、息災なのは知っている。

高校時代、俺たちの共通の趣味で、一番の話題はＫＥＮのことだった。

だが、俺自身が最近ＫＥＮの動画を追えていない。講義やバイトが忙しく、帰ってきて寝るまでの間に動画を見ようとベッドに横になるや、そのまま寝落ちしてしまう体たらくだ。見ていない動画はいつの間にか山のように溜《た》まって、時間のあるときに何本か見たところで、到底消化しきれるものではない。

「会いたいけど……今会っても、話題がないかも」

卒業後、イッチーは日洋《にちよう》大学の建築学科に進学した。ニッシーは成明《せいめい》大学の法学部。二人とも都内の大学で実家暮らしだから、会おうと思えばいつでも会えるけど、文学部社会学科専攻の俺とは、大学での勉強内容も、共通点はまったくなさそうだ。

「ゆく河の流れは絶えずして、しかももとの水にあらず。よどみに浮かぶうたかたは、かつ消えかつ結びて、久しくとどまりたるためしなし……」

久慈林くんが、『方丈記』の冒頭を暗唱し始めた。これは「それっぽい」語録ではなく、国文学専攻ならではの知識だろう。

久慈林くんは、二年生にして、もう大学院への進学を希望している。特に興味があるのは近代文学で、卒論は森鷗外《もりおうがい》について書くつもりらしい。将来の夢は、そのまま博士課程に進んで研究者になること。なんでも彼のお父さんも大学教授らしく（専門はアメリカ文学）、趣味のアメコミから息子の名を引いたそうだ。

「……かつて同じよどみを漂ったうたかた同士なら、河の流れる先で、また再び交わることもあろう」

これは鴨長明《かものちょうめい》ではなく、久慈林くん自身の言葉だ。

どうやら慰めてくれたらしい。俺はそんなに寂しい顔をしていたのだろうか。

「ありがとう。そういう機会があるといいけど」

軽くお礼を言って、俺はテーブルに置いたスマホに目をやる。時刻を確認したところで、気になるのは彼女からの返信だ。通知をオンにしているので、ロック画面に表示されないということは、確認するまでもなく来ていないということだ。

「…………」

どうしたんだろう。さすがに起きて仕事に行っている時間だろうに。

というか、昨夜から連絡がないことが気がかりだ。無事なんだろうか……。

「貴君、他に何か案じ事があるのではないか？」

案の定、久慈林くんに気づかれてしまった。

「……いや、実は、昨夜から彼女と連絡が取れなくて……」

「ほほう」

久慈林くんは予想に反して嬉《うれ》しそうだ。普段、俺が彼女の話をすると妬ましそうにしてあまり聞いてくれないのに、こういう話は蜜の味なのか。

「貴君のことを忘れるほど、よほど悦楽の時を過ごしているらしいな」

「そんなことないよ。今日も仕事ある日だし」

大人げなく、不快感をあらわに言い返してしまった。余裕のない証拠だ。

「むしろ体調不良で倒れてるんじゃないかとか……俺が心配してるのはそっちだから」

「病ならば、家族が貴君に知らせてくれよう。それほどの急病なら」

「……それほどでもない急病かもしれないし」

「ならば、明日には平癒しよう。いずれにしろ貴君の心配が及ぶところではない」

久慈林くんはニヤニヤしている。

「生まれてこの方、女子《おなご》の手一つ、指一本も握ったことがない童貞妖怪の空《むな》しい気持ちを、貴君も少しは思い知るがいい」

童貞妖怪というのは、久慈林くんが自身を卑下するときに用いるワードだ。久慈林くんは中高一貫の名門男子校出身で、思春期に生身の女性の情報を一切遮断されてきた絶望が、ねじ曲がったリビドーと世のリア充への恨みを醸成し、精神的に妖怪化してしまったらしい。何を言っているか俺にもよくわからないが、本人が以前そう言っていた。

「久慈林くんは意地悪だなぁ……」

傷ついたフリをして深くため息をつくと、久慈林くんの顔に焦りが表れる。根は優しくて、人がいいのだ。

「じゃあ、そろそろ行くよ。三限、南の五階なんだ」

「あ、ああ……」

食べ終わったカレー皿の載ったトレイを持って立つ俺に、久慈林くんは遠慮がちな視線を注ぐ。

「病なら、きっと明日には連絡が来よう」

本日二度目の、久慈林くんなりの励ましをもらって、思わず微笑が漏れる。

「そうだね。ありがとう」

トレイを返却して食堂を出ると、さっきまでの重かった足取りは少し軽くなっていた。

やっぱり心だな、と思う。

他の人がどうかは知らないけど、少なくとも俺は、気を許し合った人の心に触れることで、励まされたり、慰められたりする人間みたいだ。

そういう存在が、あの頃の俺には何人もいたのに。

今思うと、あんなに輝いていた日々は、俺の二十年近い人生の中で、あの一瞬だけだった。

月愛《るな》や友人たちと笑いながら過ごした、毎日がお祭り騒ぎのようだった高校時代がなつかしい。

◇

四限目が終わって、本日履修しているすべての講義が終了した。

時刻は十六時過ぎ。俺はやっぱり一人の知り合いもいない大教室を後にし、一目散に大学構内を出て、足早に駅へ向かった。

十六時台の電車はまだ空《す》いている。学校帰りの中高生の話し声が目立つくらいで、乗っている人たちの表情も穏やかだ。

座席がちょうど埋まるくらいの乗車率だったので、俺は開かない側のドア横に立って、車窓の風景に目を向けた。

線路から見えるオフィス街の並木道のイルミネーションが、今まさに点灯するところだった。その周りを、若いカップルたちが身を寄せ合うようにして歩いている。

「…………」

そのとき、ちょうどポケットのスマホが震えた。

慌てて取り出して見ると、ゲームアプリの体力ゲージが溜まったという通知だった。

「…………」

俺の精神ゲージは、少し消耗してしまった。

自宅の最寄りのK駅で降りた俺は、駅前の繁華街に向かう。

ファミレスなどが入っている五階建ての商業ビルの一階に、俺のアルバイト勤務先がある。

大学に入ってすぐ、俺はこの個別指導塾に講師として勤め始めた。

うちの親は、学費を払ってやる代わりにお小遣いは自分でなんとかしなさいという方針だったので、俺は入学早々、何かしらバイト先を決めることになった。王道の飲食系の接客業は、陰キャにはハードルが高い。体力、力仕事系も自信がない。

結局、勉強しかしてこなかった身には、勉強系の仕事が一番とっつきやすい。しかも、生徒と一対一での授業なら、大人数の前で緊張しがちな俺でもなんとかなるのではと思い、昔から存在を知っていた地元の塾を選んだ。

「こんにちは」

入口で立ち止まって一礼する。

「こんにちはー」

カウンターの向こうの社員や講師の先生たちから、バラバラと返事が来る。なんとなくだけど、ここにいる人たちは勉強ばかりしていた陰キャが多そうなので、同年代で集まっていても私語も少ないし、それほど居心地は悪くない。

講師控え室に行って荷物を置き、授業の準備のため、出入口前にある職員室へ戻る。

学校の教室ほどの広さの部屋に、会議室にあるようなパイプ椅子と長机が並んでいるのが職員室だ。壁際《かべぎわ》には本棚があって、生徒の名前が背表紙についた「指導ファイル」がぎっしり挿さっている。

「今日は……三限が牧村《まきむら》さん、四限が桑原《くわばら》くん」

時間割表をチェックしながら、確認のため小さくつぶやいた。

今は二限の授業中で、俺と同様、三限から入る講師たちが授業の準備をしている。職員室には生徒が使うテキスト類が置いてあって、講師は本日の範囲をコピーした上で、解答を書き込むなどして軽く予習したり、板書の内容をイメージしたりして、各々《おのおの》授業に臨むことになっている。

さらに、授業後には今日の授業内容や、生徒がつまずいたポイントなどを書き込む「指導レポート」を完成させる業務があり、それを社員にチェックしてもらって指導ファイルに挟んでから退勤、という流れだ。

俺は要領が悪く、指導レポートを細かい字で詳細に書き込んでしまう癖があり、この作業にも時間がかかる。授業以外の時間に時給は発生しないので、授業の前後三十分、合わせて一時間くらいは、毎回タダ働きしていることになる。

今の時給は千四百円と、学生バイトとしては割りがいい方だけど、無給労働の時間を含めると、果たして本当に条件のいい勤め先なのかはわからない。

この塾で、俺は主に中高生に英語を教えている。指導可能科目は「文系全般」と伝えているが、個別指導で国語や社会を教わりたいと希望する生徒は少なく、逆に国語などを教えられる講師は多いので、必然的に需要の多い英語を教えることが多くなってしまっている。特に俺は「法応生」という肩書きで社員に学力を買いかぶられているらしく、難関大学を目指す進学校の高校生など、負担の大きい生徒を任せられることが多かった。教える相手が小学生でも高校生でも、もらえる時給は同じなのに。

「加島《かしま》先生」

授業準備でコピーをしていると、終わったタイミングで一人の講師に声をかけられた。

この曜日によく見かける小柄な女性講師で、同じくらいの年齢の大学生に見える。清潔感のある感じのいい人だなと思っていたが、話しかけられるのは初めてだ。

「牧村めぐみちゃんのことなんですけど」

「えっ？　あ、はい」

牧村めぐみさんは、三限に俺が受け持っている中三の女子だ。地元の公立校に通う生徒で、今は受験直前なので志望校の過去問指導をしている。

「加島先生、英語のご担当ですよね？　私、国語の担当なんですけど」

「ああ、はい」

胸元の名札を見ると「海野優子《うみのゆうこ》」と書いてある。確かに、指導ファイルで目にしたことがある名前だ。

と同時に、前々から認識している講師の顔と名前が一致していなかった事実にビビった。改めて、自分が陰キャすぎる。

そんな非社交的な俺に、この人は一体わざわざ何を伝えにきたのかと怯《おび》えていると、海野先生は俺の警戒心を解くかのように親しみを込めた微笑を浮かべる。

「めぐみちゃんが『加島先生、優しくてかっこいい』って言ってましたよ。先生のこと大好きみたいで、『受験が終わって塾辞めるの寂しい』って、最近よく言うんです」

「……そうなんですか？」

本人は内気な女の子なので、まったくそんな感じはしなかった。むしろ嫌われているかもしれないと思っていたくらいなので、その点はほっとする。

個別指導では講師と生徒の相性が大事なので、生徒や保護者からの申し出があれば、いつでも講師の変更が可能だ。事務的な事情（曜日が合わなくなったなど）以外の変更理由を社員からはっきり伝えられることはないけれども、こちらは上手《うま》くやっていると思っていたのに突然担当を外されたときは、いろいろと勘ぐってしまってショックなものだ。

まあ、牧村さんは中三の初めから担当しているので、さすがに今さら担当を変えられる心配はしていなかったけど。

「そうだ、先生。今週の土曜日の飲み会、いらっしゃいます？」

ふと気がついたように、海野先生が言った。

「えっ？　飲み会？」

「はい。二年生以上の学生講師で、月一くらいでやってるんですけど、そういえば先生のことお見かけしたことがないなーって」

この塾に勤め始めてからもう二年近くになるが、講師で飲み会をしているなんて話は初耳だ。俺が誘われていなかっただけで、コミュ力がある人たちはそんなことをやっていたのか。カルチャーショックだ。

「よかったら、いらっしゃいませんか？」

「……そうですね、はい」

とっさに断る胆力がなくて、つい頷《うなず》いてしまった。

それから、はっとする。

「……俺、まだ十九ですけど、大丈夫ですか？」

海野先生はにっこりと頷く。

「はい。私も誕生日の前から参加してましたから。ソフドリ頼んでればいいんですよ」

「そうですか……」

出席しない理由がなくなってしまって、ぼんやりする。

「加島先生、早生まれなんですね。私も十二月生まれだから、近くて嬉《うれ》しいです」

そんな俺に、海野先生は感じのいい笑顔を向けてくる。

「じゃあ、幹事に伝えておきますね。連絡先聞いてもいいですか?」

「あっ、はい……」

「先生、今日四限までですよね？　私もなので、帰るときに控え室で」

「わかりました……」

海野先生は、俺に背を向けて去っていく。

俺は慌てて、三限の準備に戻った。

三限の牧村さんの授業は、いつも通りだった。俺の話を聞きながら時々目を合わせてくれるときも、その顔に微笑《ほほえ》みや愛嬌《あいきょう》はなく、さっきの海野先生の話を思い出して、なんだか狐《きつね》につままれたような気分で授業を終えた。

十分間の休憩を挟んで始まる四限は、俺にとっては高カロリーな本日のメイン仕事だ。

四限の桑原くんは、高校二年生だ。都内の私立進学校に通う男子生徒で、国立を含めた高偏差値の大学を目指している。

はっきり言って、大学一、二年生で高校生を担当するのは、偏差値にかかわらずそれだけで度胸がいることだ。自分もつい最近まで高校生だったという意識があるし、体格も顔つきもそんなに変わらない相手に先生ヅラするのは気が引けてしまう。加えて、彼が通っているのは、星臨《せいりん》高校よりも断然偏差値の高い学校なので、最初は「本当に俺でいいんですか?」という感じだった。

桑原くんも担当し始めて一年近くになるから、最近はだいぶ気心も知れて、やりやすくなってきたけど、ぼんやり授業をしていると時々鋭い質問やツッコミが入るから、油断できない生徒だ。

「……先生」

そんな彼が、授業中、ふと話しかけてきた。

「俺、彼女できたんですけど」

その目は輝き、頬は紅潮している。冗談ではなさそうだ。

「えっ、そうなんだ」

俺は周囲を軽く見回した。

授業を行う教室となる場所は、細かく仕切られたブースの中だ。机一つ入るくらいのスペースごとにプラスチックの薄い壁で仕切られ、正面にホワイトボードが設置された個室が、このフロアには無数に並んでいる。近くの声はほぼ筒抜けなので、講習中などブースが混み合う時期は、それぞれの講師が声を張り上げないと自分の生徒に届かないくらいだ。

「どこの子？」

社員が近くを巡回している様子もないので、俺は雑談に応じた。

桑原くんの学校は男子校なので、女子との出会いは少ないはずだ。

「予備校の子。古文で同じクラスなんだけど、この前の冬期講習で一緒にお昼食べたとき『付き合って』って言われたんだぁ」

桑原くんは、予備校とのダブルスクールの生徒だ。受験科目は基本的に予備校で集団授業を受けているが、苦手な英語についてはマンツーマンで指導してもらいたいという希望で通っている。

「よかったね」

ほほえましいなぁという気持ちでつぶやくと、桑原くんの顔が暗くなる。

「でも、親に自慢したら怒られたんですよね。『これから受験生になるのに何考えてるんだ。バカになるから別れろ』って」

「そっか……」

親御さんの心配はわからなくもない。実際、俺の予備校時代、高三の夏休みに同じクラスで付き合い始めた男女がいたが、男は第五志望まで綺麗《きれい》に落ちた。彼女の方はAOで第一志望に合格した。その後、二人はすぐに別れたらしい。悲惨な話だ。

ちなみに、俺とはまったく友達ではない人たちだったので、情報源はすべて関家《せきや》さんだ。関家さんは他人の「別れた話」が大好きで、リアルタイムで別れたカップルを知るために、仲のいいチューターさんから生徒たちの恋バナを収集しては、胸焼けしてやさぐれるというドMのような癖《へき》があった。

なつかしいな、と思い出していると、桑原くんが俺の顔をじっと見ていることに気づく。

「先生って、高校のとき彼女いた？」

「……うん。いたよ」

俺の返答に、桑原くんの顔が好奇心で輝く。

「へぇ、いつから？」

「二年の頃から」

「三年のときも、その人と？」

「うん」

「受験のときも、続いてたんですか？」

「うん……」

「そっかぁ」

桑原《くわばら》くんは生き生きとした顔になる。素直でまっすぐなのが彼のいいところだ。

「それでも法応大に受かるんだ。親に言ってやろ」

そんな彼に、俺は告げる。

「でも、それは俺の場合だから」

桑原くんの純粋な瞳が、一瞬ぴりっと凍りつく。

「彼女ができてバカになるか、賢くなるかは、君次第だよ」

俺は、月愛《るな》と付き合わなかったら、法応大に入りたいなんて身の程知らずな夢は、絶対に抱かなかった。

無理せずそこそこな受験勉強をして、模試の結果で入れそうなところを第一志望にしていただろう。

法応大は、高三の最後の模試までE判定だった。関家さんのアドバイス通り複数学部を受験したが、合格がもらえたのは文学部だけだ。

「賢くなれる自信がないなら、親御さんの言う通り、別れた方がいいと思う」

こういう言い方をされると、人って反骨心が湧くものだ。自分もそうだからわかる。

案の定、桑原くんは一瞬きゅっと唇を噛《か》んで、目を上げる。

「……頑張るよ、俺」

静かに、けれども力強くつぶやいた彼を見て、俺は。


頑張れ、少年。

心の中でエールを送って、授業を再開した。

◇

二人分の指導レポートを書き終えて、チェックのために室長に持っていくと、レポートにハンコを押したあとで室長が言った。

「加島《かしま》先生。牧村《まきむら》さん、来週で最後になったから」

「あっ……はい。そうですか」

そのあたりで受験が終わるので、そろそろだとは思っていた。

「加島先生、来年度も今と同じスケジュールで大丈夫そう？」

「えっと……そうですね。四月にならないと時間割わかりませんが」

「もし就活とかでコマ数減らすつもりだったら、早めに言ってね。とりあえず、牧村さんとか、受験で抜ける子たちの枠は二月からしばらく空くけど、良さそうな生徒が入ってきたら入れたいから」

推定四十代の小柄な男性室長は、無口だけれど言うべきことは淡々と伝えてくれるので助かる。

「逆に、コマ数増やすつもりはあったりする？」

「……えーっと……」

答えに窮してしまったのは、忙しくなる予定があるからではなく、最近ちょっと塾バイトに疲れを感じているからだ。

俺は今、平日の放課後四日と、土曜一日をここで働いている。担当する生徒は十人ちょっと。牧村さんなど受験生組が抜けると、桑原くんなど私立進学校の現高二生が四人で、彼らが一斉に大学受験を迎える来年度は指導の負担が増すことは明らかだった。

「まぁ、無理にとは言わないけど、加島先生だったら、増やしてくれるのは大歓迎だから」

俺の沈黙をどう受け取ったのか、室長はさらっと締めた。いつも無表情な顔に、珍しく微笑まで浮かべている。

「……はい」

社員に機嫌を取ってもらえる講師であることは有難《ありがた》いことなので、軽く会釈《えしゃく》してその場を辞した。

控え室に向かうと、中に海野《うみの》先生がいた。

「お疲れさまです」

外套《がいとう》を着込んだ姿で、スマホから目を上げて微笑みかけてくれる。

「あ、すいません。待っててくれたんですか」

慌てて言うと、海野先生は笑顔で首を振る。

「いえ、帰る前に友達に返信しようと思ってたところだったので、ちょうどよかったです」

俺に気を遣わせないようにしているのだとわかって、いい人だなと思った。

連絡先を交換して帰ろうとすると、海野先生が言った。

「よかったら、駅までご一緒しませんか？」

「……そうですね」

特に断る理由がないので、俺は海野先生と共に校舎を後にした。

「お先に失礼しまーす」

「お先に失礼します」

「……お疲れさまでしたー……」

連れ立って帰る俺たちを、カウンターの向こうから室長が二度見した。俺が他の講師と帰るのがよっぽど意外らしい。確かに、初めてのことだけど。

二十二時前の駅前繁華街は、街灯や店の明かりでまだ煌々《こうこう》と明るい。

海野先生は背が低くて、俺の肩くらいに頭がある。今日の今日まで話したこともなかった人と肩を並べて歩くのは、ちょっと不思議な感じがした。

「めぐみちゃんから聞いたんですけど、先生って法応生なんですか？」

ふと、海野先生がそんなことを言い出した。

「はい、一応」

「へぇ〜、かっこいい。法応ボーイだ」

みんなに言われることだけど反応に困るので沈黙していると、海野先生は意味ありげな顔で俺を見上げる。

「じゃあ、モテますよね？」

「いえ、全然……」

と全否定してから、思い直して口を開く。

「……高校の頃から付き合ってる彼女がいるので」

「あ、そうなんですね」

海野先生は一瞬真顔になったが、すぐに微笑を取り戻す。

「じゃあ、長いですよね。三年とか？」

「そうですね。三年半……くらい」

「すごい。一途《いちず》なんですね」

目を見開いてから、海野先生は苦い微笑を浮かべる。

「いいなぁ。私は最近、彼氏と別れちゃって」

「そうなんですか」

「やっぱり高校時代から付き合ってたんですけど、大学の同じサークルの後輩に乗り換えられちゃって」

「はぁ……」

初めて話した人のプライベートすぎる話題は、正直相槌《あいづち》に苦労する。

それを察してくれたのか、海野先生はハッとして、取り繕うような笑みを浮かべた。

「すいません。困りますよね、こんな話」

「いえ……」

「でも、加島先生ってなんか話しやすくて。昔からの友達みたいな気になっちゃいました」

「………」

陰キャだからなのか、こちらはまったくそんな気になっていないので困惑する。ただちょっと、女性から親しげに振る舞われることへの嬉《うれ》しさは感じていた。

「じゃあ、土曜日の飲み会で。加島先生とお話しできるの、楽しみにしてますね」

駅前の駐輪場で、海野先生はそう言って去っていった。

「…………」

なんとなくデジャヴを覚えて立ち止まっていると、ポケットの中のスマホが震えた。

画面を見れば、彼女からの着信だ。

「もしもし」

慌てて通話ボタンを押すと、聞き慣れた声が耳に飛び込んできた。

「リュート～ぉ！」

「……月愛」

大好きな彼女の声に、外だけど、ひとりでに顔が緩んでしまう。

メッセージが来ないことを一日中気に病んでいたのに、そんなことも一瞬でどうでもよくなった。

「ほんとごめんっ！　今日全然連絡できなくてぇ～！　昨日の夜、エリアマネージャーから仕事終わりに急に飲み誘われて、寝不足だったからちょっと飲んだだけでフラフラになっちゃって、なんとかタクシーで帰ってきたんだけど、そのまま朝まで爆睡しちゃって、起きたら出発時間の五分前で、マジヤバってなってマッハでシャワー浴びて支度してまたタクシー呼んで、職場着くまで化粧したりしてたらスマホ触るヒマ全然なくて」

月愛は、高三のとき、ケーキ屋さんとのかけもちで、アパレルショップでのアルバイトを始めた。スタイルが良く、誰にでも人当たりのいい月愛は、たちまち客に評判の店員になり、卒業後はそのままその会社に就職した。

現在は、新宿のファッションビルに入ったテナントで副店長をしている。

月愛の怒濤《どとう》の説明は続く。

「で、今日出勤したらセールの最終日で鬼忙しくて。一時間おきにタイムセールもやってるからお客さんも試着も会計もすごくて、今日店長休みの日だし、バイトの子に休憩あげたらあたしだけご飯食べる時間もなくて、トイレも気づいたら八時間くらい行ってなくて、ほんとムリ死ぬって思いながら、やっと閉店後の締めも終わって、今退勤できたのぉー」

「それは……お疲れさま」

そう言うしかなくて、労《ねぎら》いの言葉をかける。

俺が一日中スマホを気にしていた一方で、彼女は本当にメッセージを送るたった数十秒も時間が取れなかったのだろうかと疑問に思ってしまう気持ちもあるが、大学生と社会人では、流れている時間の速さが違うのだろうとも思う。

それ以外に、俺には一つ、気になることがあった。

「……エリアマネージャーって、確か男の人だったよね？」

以前も、何度か月愛《るな》からその役職名を聞いたことがある。

「そーそー、五十くらいのオジサン。飲食から転職してきて、めっちゃ体育会系で。よく店長とか副店集めて飲みやってて。あたしがハタチになる前から『誕生日になったら飲み行くぞ！』って予告されてたの」

「うん、そういう話だったよね……」

きっと真生《まお》さん系のイケイケな陽キャおじさんなのだろう。真生さんは叔父さんだからいいけど、エリアマネージャーは他人なので、どうしたってもやもやしてしまう。

「……その人の誘いって、断ったらまずそうな感じなの？」

「ん～……」

月愛が悩んだような声を上げる。

「なんかね、最近ちょっと、あたしに特別にしたい話があるらしくて。声かけられ率が上がってるんだよね」

なんだと⁉　と思いつつ、陰キャなので直接的に問いただすこともできない。

「……そ、それって、仕事の話なんだよね？」

「そーそー。ただちょっとデリケートな？　感じ？」

「……と言いますと？」

「ん～。まだちょっとふわっとしてるから。あたしの気持ちを探られてるっぽいだけのところもあるし」

「……？」

気になる……なんだそれは……本当に仕事の話なのか？　ただのスケベオジサンじゃないのか⁉　不倫の誘いだったりしないよな⁉　大丈夫なのか、月愛⁉

ただ、アパレルのことも、社会人の世界も知らない俺には、それ以上、月愛に何を訊《き》けば求める回答が得られるのかもわからない。

「リュートは？　今日どうだった？」

「えっ？　うーん、普通だったよ。講義出て、バイトして……今帰るところ」

「そっか、リュートもお疲れさま！」

彼女の元気な声は、いつだって俺の心を明るくしてくれる。自分の方が疲れているはずなのに、どうしてこんなに潑剌《はつらつ》としていられるのだろう。

「あー、これから帰ったら、また陽花《はるか》と陽菜《はるな》の世話しなきゃ！」

月愛が口にしたのは、双子の妹たちの名前だ。

「昨日あたし爆睡しちゃったから、美鈴《みすず》ちゃん一人で疲れてると思うんだよね。今夜は見てあげないと」

高校を卒業して社会人になった六月、月愛には双子の妹ができた。お父さんと、再婚相手の白河《しらかわ》美鈴さん——旧姓福里《ふくさと》さんの子どもだ。

月愛は高三のときに美鈴さんと和解して、その秋に美鈴さんの妊娠がわかったのをきっかけに、白河家での同居を開始した。

美鈴さんの妊娠の経過はあまり順調なものではなく、最後の数ヶ月は寝たきりで過ごさなくてはならない状態になってしまった。月愛は、仕事で忙しいお父さんに代わって、同居のおばあさんと共に、美鈴さんの世話や生まれてくる赤ちゃんのための準備に奔走した。

そして、赤ちゃんが無事誕生してからは、どんなに仕事で疲れていても、家に帰ればミルクをあげたりオムツを換えたりと、まるで第二の母のように積極的に育児をしてきた。

「じゃあ、そろそろ電車来るから切るねっ！」

「うん、疲れてるのに電話ありがとう」

確かに、ホームに着いたらしい電車の走行音やアナウンスが聞こえる。

月愛との電話を終えた俺は、夜道を歩きながら空を見上げた。

細い三日月が、低空に浮かんでいる。

「……月愛」

つぶやいたら、無性にあの笑顔に会いたくなって、胸が少し苦しくなった。

◇

昔、関家《せきや》さんから言われた言葉を、最近よく思い出す。

——高校時代の時間って、それ以降とは密度が違う。ほんと貴重で特別だよ。

あの頃、学校に行けば、当然のように月愛と会えた。

イッチー、ニッシーがいた。

俺の好きな人たちが、いつもそろって同じ空間にいた。

わざわざ約束しなくても、毎日、当たり前に会って、話して、笑い合うことができた。

それがどれだけ特別なことだったのか。

痛いくらい、今、噛《か》み締《し》めている。


「加島《かしま》先生、どうしたんですか？」

ぼんやりメロンソーダを飲んでいたら、海野《うみの》先生に声をかけられた。

土曜日、担当の授業をすべて終えたあと、俺は講師の飲み会に参加した。

塾の近くにも飲み屋はいっぱいあるのに、わざわざ少し駅から離れる方向にある居酒屋が開催場所なのは、生徒や親に配慮してのことらしい。

薄暗い、落ち着いた雰囲気の店内は、大学生がバカ騒ぎをするような店ではないのは明白で、羽目を外さないようにという幹事の配慮が感じられた。

「なんでも……少し考え事をしてて」

俺が答えると、海野先生は「そうなんですか」と微笑《ほほえ》んだ。よく笑う人だなと思った。

「ここ座っていいですか？」

「あ、はい」

「失礼します」

海野先生は俺の隣に座った。

宴席は、長テーブルにベンチ式の椅子だ。

参加している講師は、今のところ十人程度。この会は十九時からで、俺は退勤してちょうどいい時間だったが、次のコマが終わってから参加する人もいるらしい。

顔を知っているけれども話したことがないという講師が大半で、乾杯してからしばらく、周りに合わせて無難な会話をしていたが、他の人たちは次第にグラスを持って仲のいい人たちの方へ移動していき、初参加の俺の周りにはさっきから空席ができていた。辛《つら》い。

「そういえば今日、空きコマがあったので、新しく担当する子の準備をしてたんですけど」

持ってきた飲み物を一口飲んで、海野先生が言った。ジョッキのデザインから、ハイボールというものかなと思った。海野先生から、少しお酒の香りがした。

「私、今度高一の子の英語を教えるんですよ。それで、英単語帳を選んでて。よさそうなものがあったので主任に言ったら『それ、加島先生が置いてくれって持ってきたやつだよ』って」

「ああ……あれですか」

今も使っているので、すぐに記憶を引き出せた。

「俺が教えてる桑原《くわばら》くんっていう子が、単語の暗記が苦手だったんですが、塾にいいテキストがなくて。本屋を回っていろいろ探して、合う教材を選んだんです。それで、主任に頼んで置いてもらって」

「そうなんですね。熱心ですね」

「いえ……。自分がそんなに優秀な方じゃなかったので、地頭がいいのに勉強の仕方で損をしてる子を見ると、もったいないな、どうしてあげたらいいのかなって、勤務時間外でも、いろいろ考えちゃって」

「すごいなぁ、私はそこまでできない。加島先生って、先生に向いてますね」

海野先生が感心したように言った瞬間、脳裏に響く声があった。

――加島くんだったら、先生とか向いてそうだね。

可愛《かわい》らしい、甘めの高い声。優しい微笑も思い出せる。

「……昔、ある人にそう言われたことがあって」

黒瀬《くろせ》さん。

そうだ……。

きっと俺は、あの声に導かれていたんだ。

「今思い出したんですけど……このバイトを選んだのも、もしかしたら、その人の言葉が頭にあったからかもしれません」

海野先生は、頷《うなず》きながら黙って聞いてくれている。

「……でも、実際に塾講師をしてみて、本当に先生に向いてるのかわからなくなりました」

黒瀬さんと同じことを言ってくれたからだろうか。俺は海野先生に、そんな本音を話してしまっていた。

「最近、ちょっと疲れちゃって」

飲んでいるのはメロンソーダだから、酔ったと言い訳もできない。

「大学でも、一応教職課程用に講義を履修してるんですけど……本当は、俺みたいな人間は、先生みたいな職業には就かない方がいいかもしれないって思うんです。自分の心を守るために……」

「海野先生ー！」

そこで、テーブルの向こうの方から、幹事の井本《いもと》先生がこちらに呼びかけてきた。

井本先生は、たぶん俺より年上だ。俺が勤め始めた頃から、もう長くいる雰囲気だったから、三年生か四年生、あるいは院生かもしれない。長身でヒョロッとしていて、若干オタクっぽい雰囲気はあるが明るい男性講師で、生徒たちにも人気がある。

「丸山《まるやま》先生、合唱サークルらしいですよ！　話合うんじゃないですか？」

「えっ、そうなんですか？」

海野先生は、グラスを持って立ち上がる。

「すいません、加島先生。お話の途中で……」

「いえ、大丈夫です」

去っていく海野先生を見ながら、海野先生も合唱サークルなのかなと思った。

俺は海野先生のことを何も知らない。どこの大学なのかさえも。

知りたいとも思わなかった。

そんなことを考えながら、氷が溶けてだいぶ薄味になったメロンソーダに口をつけた。

そんなアウェイな状況だったのに、俺は結局、一次会の終わりまでその飲み会にいた。

「帰ります」と言って、一時的にでも注目を集める勇気がなかったからだ。

「二次会行く人ー！」

歩道の店側に寄って、井本先生が大声で呼びかけている。だいぶ酔っているらしく、赤い顔をして、足元をふらつかせていた。

時刻はもう二十二時半だが、俺と同様、地元に住んでいる先生が多いようなので、終電を気にする人はいない様子だ。明日は日曜日で、塾の授業は基本的にない。

「はーい、じゃあ次のお店に移動しますよ～」

俺が二次会に行くかどうか気にしている人はいない。このまま気配を消して帰ろう……と、駅の方に向かって歩き出したときだった。

「加島先生」

後ろから声がして、肩の辺りに頭が並んだ。

海野先生だ。

「帰るんですか？」

「えっ、はい……」

「私も帰ります。途中までご一緒しましょう」

「……そうですね……」

他に帰る人を探したが、駅の方に歩いているのは俺たちだけだ。

「……行かないんですか？　二次会」

　俺と違って、海野先生はみんなと仲が良さそうなのに。

「いいんです。月曜提出のレポートがあるから、今日はあまり遅くなりたくないので」

「そうなんですか」

「加島先生とあまりお話しできなかったし。私がお声かけしたのに」

　やっぱり、それを気にしてくれてたのか。律儀《りちぎ》な人だなと思う。

「今日は楽しめましたか？」

「うーん、そうですね……」

　嘘《うそ》もつきたくないので、俺は言葉を探す。

「……お酒が飲めたら、もっと楽しかったかもしれないです」

「あー、それはありますね。すみません。誕生日何月ですか？」

「三月です。終わりの方です」

「けっこう遅いですね。じゃあ、再来月の飲み会から、また来てください」

「はは……」

　完全に愛想笑《あいそわら》いをしてしまった。せっかく初めて飲酒するなら、もっと楽しい席がいいなと思った。

そんなふうになんとなく話しながら駅前まで来たが、この前の駐輪場を通り過ぎても、海野先生は俺の傍《そば》を去ろうとしない。

「……今日は自転車じゃないんですか？」

気になって訊《き》くと、海野先生は頷いた。

「はい。飲み会なので徒歩で来ました」

「あっ……」

そういうことか。自転車でも飲酒運転になるんだっけ。

「お宅は近いんですか？」

「いえ、駅から徒歩十五分くらいで……」

確かに、近かったら自転車に乗らないか。

「歩いて帰るんですか？」

俺が尋ねると、海野先生は視線を彷徨《さまよ》わせる。

「そうですね……うちの家族、寝るの早いので、迎えも頼めませんし」

「……いつも、歩いて帰ってるんですか？」

「この飲み会のときは、大体二次会まで行ってるので、井本先生が家まで送ってくださるんです。同じ方面なので」

「……そうなんですか……」

なんとなく送らないといけないような空気になってきて、俺はそわそわする。

高二のときのことを思い出した。

俺が、黒瀬さんと友達をやめた日。

俺は黒瀬さんと途中まで帰って、別れた。

その直後、黒瀬さんは人気のない神社で痴漢に襲われた。

「……タクシーで帰ったらどうですか？　夜に女性の一人歩きは危ないので」

俺が言うと、海野《うみの》先生は困ったような顔をする。

「……お給料日前なので、金欠で。今日は一次会の会費分しか持ってこれなかったんです。スマホにも残金がないから……」

「…………」

そんなことってあるのか？　徒歩十五分ならワンメーターで行けるくらいの距離だし、深夜料金があったって千円もしないだろう。

それとも、彼女は俺に家まで送らせるために、こんな方便を使っているのだろうか？

だとしたら、何のために？

――やっぱ法応ブランドってすげーよ。法応ボーイってだけで女の目の色変わるから。

チャラい法応生の言葉が蘇《よみがえ》ってきて、ハッとした。

――めぐみちゃんから聞いたんですけど、先生って法応生なんですか？

海野先生の言葉も思い出す。

――へぇ～、かっこいい。法応ボーイだ。

――私は最近、彼氏と別れちゃって。

そういえば、そんなことも言っていた。

「…………」

いや、さすがに自意識過剰か。

海野先生みたいな感じのいい人なら、俺みたいな陰キャをわざわざ狙わなくても、彼氏候補なんていくらでもいるだろうし。

「大丈夫ですよ、歩いて帰ります。近所に外灯のない広めの公園があって、そこを通るときだけちょっと怖いですけど。あとは安全なので」

海野先生は、そんなことを言って笑っている。

「…………」

俺の高校時代は、今思うと輝いていた。

でも、そんな高校時代に、たった一つの後悔があるとしたら。

それは、黒瀬さんのことだ。

あのとき、黒瀬さんにしてあげなきゃいけなかったこと。

してあげなかったせいで、今も心のどこかで、ずっと後悔し続けていること。

あのときの俺は、お金もなくて、未熟で、女の子にもまったく慣れてなくて、どうするのが正解なのかわからなかった。

海野先生は、黒瀬さんじゃない。

こんなことが、黒瀬さんへの贖罪《しょくざい》になるとは思わない。

でも、黒瀬さんにしてあげられなかったことを、この人にはしてあげたい。

「タクシー、乗ってください」

駅前のタクシー乗り場まで歩いてきて言うと、海野先生の表情の困惑が強まる。

「でも私、ほんとに今お金が……歩いて帰ればタダですし」

「これ使ってください」

俺は財布から千円取り出して、海野先生に渡そうとした。

「でも、金欠だからお返しできませんし」

「返さなくていいから。心配なんです」

海野先生が受け取ろうとしないので、彼女が肩にかけている鞄《かばん》の中に千円を差し込んだ。

あのときも、俺は黒瀬《くろせ》さんにこうすればよかったんだ。

中途半端《ちゅうとはんぱ》に途中で放り出したりしないで。

でも、まさか、あんなところで黒瀬さんが痴漢に遭うなんて思ってなかった。

女性にはそういう危険があるなんて、知ったつもりではいたけど、本当の本当にはわかっていなかったのかもしれない。

だからって、俺に気があるかもしれない女性を、二人きりで家まで送るのは、やっぱり違っていたと思う。

俺が自分の目で無事を見届けたいのは、大好きな彼女……月愛《るな》だけだから。

だったら、こうするしかないんだ。

「でも……」

海野先生は、まだ渋っている。

「俺のためだと思って、このお金でタクシーに乗ってください。お願いです」

俺の剣幕に恐れをなしたのか、海野先生はタクシー乗り場に一歩近づく。

運転手がドアを開け、海野先生は仕方なさそうに後部座席に座った。

そんな彼女に向かって、俺はタクシーの中に少し首を突っ込んで言う。

「本当に返さなくていいですから。気にも病まないでください。海野先生が無事に帰れれば、それでいいんです」

「…………」

海野先生は何も答えず、気まずそうな顔で俺を見ている。

俺がタクシーから一歩離れると、ドアが閉まった。

中では、海野先生が運転手に何か告げている。

しばらくするとタクシーは発車して、ロータリーから速やかに出て行った。

後方にいたタクシーが乗り場に繰り上がってきて、やってきた酔客を呑《の》み込んで発車していく。

新年会のシーズンだからか、土曜の深夜の駅前には、足元がおぼつかない大人が何人もいる。誰かとつるんでいる人たちはみんな大声で、むやみに楽しそうな面相だ。

「…………」

それらの光景をしばらく見届けてから、素面《しらふ》の俺は一人、粛々と家路を辿《たど》り始めた。

◇

「加島《かしま》先生、これ」

翌週、大学の帰りに塾へ出勤すると、控え室に海野先生がいた。

海野先生は、俺に何かを差し出している。

見ると、それは綺麗《きれい》な花柄のポチ袋だった。

「この前お借りした千円です。ありがとうございました」

「えっ……ああ、どうも」

金欠で返せないのではなかったのか、と戸惑いながらも、勢いで受け取ってしまう。

「今日、めぐみちゃんの最後の授業ですよね。寂しいって、昨日も嘆いてましたよ」

海野先生は、何事もなかったかのように話しかけてくる。相変わらず、感じのいい人だと思う。

「では、また」

まだ準備ができていない俺を残して、海野先生は控え室のドアに手をかける。

それから、思い直したようにこちらに向き直った。

「……先生の彼女さんが羨ましいです。先生みたいな誠実な男性に、ずっと大切にしてもらえて」

少し俯《うつむ》いて、はにかむような微笑を浮かべた海野先生は、そう言ってから俺を見上げた。

「お幸せに。……余計なお世話かもしれないですけど」

最後に茶目っ気のある笑顔を見せて、海野先生は今度こそ控え室を出て行った。

牧村《まきむら》さんは、最後の授業でも、やっぱり俺に塩対応だった。

二週間後、講師控え室で「海野先生と井本《いもと》先生が付き合い始めたんだって」という講師同士の噂話《うわさばなし》を耳にした。

らえて。

◇

──先生の彼女さんが羨ましいです。先生みたいな誠実な男性に、ずっと大切にしても

果たして、俺は本当に月愛を大切にできているのだろうか。

なぜなら、暦は二月に突入したというのに、今年に入ってからまだ月愛と会えていない。

正月休みは、俺のバイトが冬期講習で、受験生の授業が朝から晩までみっちり入っていた。

月愛の休みは平日が多いので、平日に講義がある俺は、大学が始まると上手《うま》く予定を合わせられない。

しかも月愛は、日中は仕事が、夜は妹たちの世話があって、この一年半、万年寝不足のような状態だ。仕事が休みの日も、妹たちの保育園への送り迎えや、大量のオムツの名前書き、離乳食の買い出しなどで忙しくしている。

そんなことになるなら、やっぱり卒業後に実家を出て一人暮らしすればよかったのでは

ないかと思ってしまうが、年の離れた妹たちがよほど可愛《かわい》らしく、本人は文句ひとつ言わずに毎日生き生きとしている。

そうして忙しくしている月愛から、突然電話がかかってきた。

土曜日の夜、俺がバイトから帰宅し、夕飯を終えて自室に戻った二十一時頃のことだった。

「もしもし？」

気が逸《はや》って、声が弾んでいるのが自分でわかった。

だが次の瞬間、思考が止まった。

「加島くん？　久しぶり」

「……!?」

驚いて、スマホを耳から離して発信元を見る。間違いなく月愛からの着信だ。

「……く、黒瀬さん？」

「突然ごめんね。今日、白河《しらかわ》家に来てるの。月愛にスマホ使っていいよって言われたから電話した。わたし、加島くんの連絡先知らないし」

そう言う声は、幼い子のわめき声や、子ども向けのテレビの音にまぎれて非常に聞き取りづらい。その合間に、月愛の「ほら寝るよ、陽菜《はるな》！　陽花《はるか》が起きちゃうでしょ！」といった声も聞こえてくる。

白河家にいるというのは、間違いなさそうだ。

「……な、何かあったの？」

向こうがうるさいので、こちらの声もつい大きくなる。

「あのね、加島くん。わたし今、飯田橋《いいだばし》書店の漫画編集部でバイトしてるんだけど」

「ああ……月愛から聞いたよ。すごいよね」

飯田橋書店といえば、一般人でもみんな知っている大手出版社だ。

「すごくないわよ、コネだから」

黒瀬さんは自嘲気味に笑った。

黒瀬さんは、立習院《りっしゅういん》大学の二年生だ。所属は文学部の国文学科で、休みの日にはよく本を読み、編集者の夢に向かって着々と準備をしていると月愛から聞いていた。

「真生叔父さん経由で、推薦してもらったの」

「ああ、真生さん……」

そういえば、あの人の肩書きは「旅作家」だったっけ。ネットでの執筆が主らしいが、何気に年一くらいで本も出しているらしいし、当然出版社との繋《つな》がりはあるだろう。

「けどね、最近、わたし以外のバイトが立て続けに辞めちゃって」

黒瀬さんの声のトーンが下がる。

「みんな、編集者に憧れて応募してくるんだけど、バイトに与えられる業務って、誰でもできる雑用ばっかだから。モチベーションが続かないみたい」

「そうなんだ」

「で、そんな雑用でも、やることはいっぱいあるから、残ったわたしの負担が大きくて。募集もそんなに急にはできないし。社員から『知り合いがいたら紹介してくれていいよ』って言われたけど、わたしの知り合いで、大手出版社で働けるほど優秀な学生で、絶対に無責任に辞めないような人、加島くんしか思いつかなくて」

「えっ」

急展開に、思わず息を呑む。

「月愛に相談したら『頼んでみたら？　リュートならやってくれるかも』って言うから、スマホ借りて電話したところ」

相変わらず、月愛の声真似《こえまね》はよく似ている。

「どうかな？　編集部バイト、興味ない？　運が良ければ、有名な漫画家に会えたり、発売前の人気漫画の原稿読めたりするよ？」

「…………」

どうもこうも、今まで考えたこともなかった世界のことを言われて、俺はしばし茫然《ぼうぜん》とする。

でも。

心のどこかで、思っていた。

今のこの閉塞感から俺を救い出してくれるのは、こういう変化なんじゃないかって。

「……どう、かな？」

黒瀬《くろせ》さんが、もう一度遠慮がちに尋ねてくる。

「……そう、だね。やってみようかな」

「えっ⁉」

自分が誘ったくせに、黒瀬さんは驚いている。

「やって……くれるの……？」

「ねえ、海愛《まりあ》ー！　そこのオムツ取ってくれるー⁉」

そこで、月愛《るな》の声がかぶってくる。

「リュート、やってくれるって？　よかったね！」

その声を聞いて、どこかほっとした。

──でも、相手が海愛だから……流せないよ、あたし。

かつて、俺にそう言った彼女の横顔を、今でも覚えている。

あの頃と違って。

俺が黒瀬さんと同じバイトをしても気にならないくらい、俺のことを信じてくれているということだ。

もちろん、黒瀬さんのことも。

俺のたった一つの後悔、黒瀬さん。

友達をやめたあの日から、三年と数ヶ月が過ぎた頃の、突然の電話。

彼女との新たな関係の始まりが、俺の退屈な大学生活を激動のものに変えていくことを、このときの俺はすでに、わずかな予感として感じていた。

第二章

「いやー、悪いね、加島《かしま》くん。初日から普通に働いてもらっちゃって」

夕刻の編集部で、言いつかった仕事の完了を報告した俺に、社員の藤並《ふじなみ》さんは笑顔で言った。

黒瀬さんの紹介で、飯田橋書店の漫画雑誌編集部を訪れた俺は、軽い面談の後で事務的な手続きを行い、早速アルバイトとして働くことになった。

藤並さんは、二十代後半くらいの男性社員で、担当作家を何人も抱える多忙な編集者らしい。中肉中背で、あまり印象に残らない優しい顔立ちをしており、愛想《あいそ》もいい人だから、俺みたいな陰キャでも畏縮しなくて済む。

「黒瀬さんが『真面目で優秀な人なので』って言ってたから、そうなんだろうなと思ってたけど。期待以上だったよ」

「いえ、特に頭を使う仕事でもないですし……」

謙遜のつもりで言ってから、もらった仕事をバカにしたように聞こえていたらどうしようと焦《あせ》る。

しかし、藤並さんはそんなことを気にする様子もなく、柔和に笑っている。

「いや、一見頭を使わない、誰にでもできそうな仕事でもね。頭のいい子は、作業の効率がいいからわかるもんだよ」

「……はぁ……ありがとうございます」

逆に褒められてしまった。大人だ……と恐縮して首をすくめる。

「お疲れさま。もう上がっていいよ。黒瀬さんも、ちょっと早いけど、今日はもういいから、一緒に帰ったら？」

向こうの机で資料の整理のようなことをしていた黒瀬さんが、藤並さんに言われて手を止める。

「はい、ありがとうございます」

それで俺たちは、二人で帰ることになった。

時刻は十九時前。

いつもなら塾バイトがある水曜日だったけれども、水曜の担当生徒は全員受験生だったので、二月から空き曜日になっていた。大学はもう春休みなので、指定があった午後二時に自宅から編集部に行ったというわけだ。

社屋の窓から見た風景からわかっていたが、外はもうすっかり暗かった。

「加島くん、お腹空《なかす》いてない？」

駅前に近くなった頃、黒瀬さんが言った。

「……あ、うん。まあ」

一瞬迷ったけれども、二時間くらい前から小腹が空いていたのは事実なので、嘘《うそ》はつけない。

そんな俺を見上げて、黒瀬さんは口《くち》の端《は》をニッと上げた。

「よかったら、ちょっと飲んで行かない？」

そう言って笑う黒瀬さんは、いつの間にか大人の女性の顔になっていた。

◇

「あ、そうか。加島くんってまだ十九なんだ」

店の暖簾《のれん》をくぐって席に着いてから、黒瀬さんが言った。俺が「酒は飲めない」と申告したからだ。

「思いっきり居酒屋連れてきちゃった。ごめんね」

「いや、いいよ。気にせず一人で飲んで」

確かにもう二月なので、ほとんどの同級生は飲酒可能な年齢だろう。俺が月愛の他によく食事に行くのは久慈林《くじばやし》くんくらいだが、彼は酒が苦手なので、最近まであまり意識していなかった。

「うん。じゃあ、遠慮なく」

黒瀬さんはテーブルの上のメニューに軽く目を通してから、店員に向かって手を上げる。

「生一つ。……加島くんは？　決まってる？」

「えっと、あ……コーラありますか？」

「はい。生一つとコーラ一つですね」

店員が去ってから、俺は改めて店内を見回した。

こぢんまりとした明るい和風の店内は、定食屋と居酒屋の中間のような雰囲気だ。壁に貼られたお品書きの紙を見るにつけても、安価なメニューが多そうで、仕事帰りの男性たちの憩いの場という感じだ。

「はい、生一つ、コーラ一つでぇす」

注文を取った人と違う店員が来て、俺の目の前に、白い泡がもくもくと立ったジョッキを置いた。

「まあ、そうなるよね」

向かいの黒瀬さんが苦笑して、自分の方に置かれたコーラのグラスと交換してくれる。

「加島くんの初出勤に、カンパーイ！」

黒瀬さんが明るく言って、俺のグラスに自分のジョッキをぶつけた。

「乾杯」

俺は、コーラを一口飲んで、テーブルに置く。

黒瀬さんは、ジョッキに口をつけてからぐいっと角度をつけて、白い泡をすべて吸い込もうとしているみたいにごくごくと喉を鳴らした。

「……ぷはぁーっ！　バイト後のビールは最高だわ」

唇の上側についた白い泡をぺろっと舐《な》めて、黒瀬さんがジョッキを置いた。顔をしかめたような笑顔が、いかにも酒好きといった感じがする。

「……ビール好きなの？」

「そうね。でも、お酒ならなんでも。焼酎は少し苦手かも」

「そうなんだ……」

高校の頃の清楚《せいそ》な雰囲気からは想像もつかなかった姿なので、意外すぎて言うセリフを思いつかない。

「わたし、わりとお酒強いみたい。月愛は弱いよね。二人で飲むと、大抵すぐに潰れちゃう」

「……そうなんだ」

月愛は、俺と二人で食事をするときは、俺に合わせてノンアルコールにしてくれる。本人もお酒はそんなに好きじゃなさそうだけど、黒瀬さんとは普通に飲んでいるのか。

知らない大人の女性のような黒瀬さんから、俺の知らない月愛の話を聞いて、十九歳の俺は一人取り残された気分になる。

「……でも、月愛が弱いのは、いつも疲れてるせいなのかも」

ふと、黒瀬さんがあさっての方を見て言う。

「ほんと頑張ってるよね、あの子。この前も見てて思ったけど」

それは先日、月愛のスマホから電話してきたときのことだろう。

「美鈴《みすず》さん、まだ完全によくなったわけじゃないみたい。今でも病院でお薬もらってるって」

「……え？」

なんの話かわからなくて、黒瀬さんをじっと見つめる。

そんな俺に、黒瀬《くろせ》さんは訝《いぶか》しげな視線を向ける。

「……月愛《るな》から聞いてないの？　美鈴さんの『産後うつ』のこと」

なんだそれは……と息を呑《の》む俺に、黒瀬さんは説明した。

美鈴さんは、不妊治療の末に苦労して妊娠して、切迫早産による寝たきり生活のあと、突然双子の母になった。お腹の傷も癒えないうちに嵐のような育児の日々に突入し、ただでさえ過酷な新生児期の大変さが二倍で押し寄せ、母乳が出ないなど自身の体質の悩みもあり、すっかり精神的に参ってしまったそうだ。

夫である月愛のお父さんは仕事が忙しく、家のことにはほとんどかかわってくれない。姑《しゅうとめ》である月愛のおばあさんは、買い物や洗濯、食事の世話などはしてくれるけど、遠慮があるのか赤ん坊の世話にはノータッチ。

美鈴さんは結婚するまでずっと関西にいた人だから、近くで力になってくれる親兄弟や友人もいない。

そこで、少しでも美鈴さんを助けるために、月愛が妹たちの世話を積極的に引き受けるようになった。そういう話だった。

「……そうだったんだ……」

「わたしが言ったたって言わないでね。月愛的には、美鈴さんのプライバシーに配慮して言ってなかったんだと思うから」

話し終わった黒瀬さんが、またグビっとジョッキを傾ける。

「でも、加島くん、そのせいで月愛と全然会えてないでしょ？　なんで腹違いの妹の世話にそこまでって思うかもしれないけど、そういう事情だから」

「うん……」

「優しいのよ、あの子」

目を細めてそう言った黒瀬さんは、俺と目が合うと親しみを込めて微笑《ほほえ》む。

「知ってると思うけど」

「……うん……」

感慨に耽《ふけ》っていると、黒瀬さんが気がついたように口を開いた。

「そうだ。何か食べ物注文しましょうよ」

メニュー表を広げて、俺に渡してくる。

「好きなの頼んで。先輩バイトとして、今日はわたしが奢《おご》るから」

そう言って微笑む黒瀬さんは、今まで見たことがないくらい自然体で、とても魅力的な成人女性だった。

◇

翌週、俺はある人と食事をすることになった。

「よっ、ヤマダ」

待ち合わせ場所のいけふくろう前で手を上げた関家《せきや》さんを見て、俺は思わず苦笑した。

「その呼び方、久しぶりですね」

「なんかさ、急に、お前が高校生だった頃を思い出して」

関家さんとは、今でもなんだかんだで、数ヶ月に一度は食事に行く仲だ。

「デカくなったよな、お前」

人工の光で昼間より明るい駅前を肩を並べて歩き出すと、関家さんは俺の方を見て目を細める。

「え？　そうですか？　高二から一センチしか伸びてませんけど」

関家さんとの身長差は、あの頃から縮まった気はしない。

「浅いな。そういうんじゃなくて、なんつーの、大人の貫禄《かんろく》？　やっぱ天下の法応ボーイは違うよな」

「なんですか、それ」

またそれか、と個人的にタイムリーなことを言われて、複雑な気持ちになる。

「わかるよ。この三年でお前が成長したこと。俺なんて、ずっと変わんねーままだからさ。まぶしいよ」

関家さんは、今年も受験勉強をしている。山名《やまな》さんとの関係も、三年前のままだ。

彼女とも会う暇がないほど勉強に明け暮れている彼を俺から誘うことはないので、会うのはいつも関家さんのタイミングだ。今回は、もう二月半ばなので、受験が一段落したところなのだろう。

「最近どう？　彼女とは。向こうはまだ忙しいわけ？」

飛び込みで入った焼肉屋のテーブルで、向かいに座った関家さんが聞いてくる。

店員がやってきてコンロに火をつけたりしたあとで、何気なく水を向けられた。

「忙しいですね……。ずっともう、永遠にこのままかもしれないですね」

「なんだそれ。俺の浪人生活かよ。って全然笑えねーわ、縁起でもねぇ」

自己完結して、関家さんが一人で笑う。

「まあ、妹の世話が大変っていうだけなら、子どもはいつか育つから」

薄く笑って、関家さんは遠い目をする。

「……俺も、どっかでは見切りをつけないとな」

そうつぶやく顔には、哀愁が漂っていた。

「いつまでも親の脛《すね》かじって、タダ飯食いながら予備校にも通わせてもらって……。ストレートで四大受かった同級生は、もう四月から社会人なのに」

俺が相槌《あいづち》に窮していると、関家さんは目を上げてこちらに笑いかける。

「今回で最後にする。だから、今年は医大・医学部以外も受けたんだ。もういくつか合格出てるから、なんとか大学生にはなれそうだわ」

「……医学部の結果は、まだ出てないんですか？」

そんなこと言わないで欲しいと思いながら尋ねると、関家さんは自嘲気味に笑う。

「今出てるところはダメだな。でも、まだ試験前のところもあるから」

「えっ、そんな大事な時期に、俺とこんなところに来てていいんですか？」

思わず驚きの声を上げると、関家さんはそんな俺をおかしそうに見た。ちょうど届いた肉を、トングで網に並べながら。

「もう四年も勉強しかしてないのに、お前と受験直前に二時間焼肉したせいで落ちるような学力だったら、どのみちどこにも受かんねーだろ」

「…………」

確かに、それはそうなんだろうけど。俺が言っているのは気分の問題だ。

「……もう疲れたよ」

ふと、関家さんが弱音を吐くようにつぶやいた。テーブルに片肘をついて、頬杖《ほおづえ》とも言えないほど肘を倒して顔を載せている。

「山名に会いたい」

その言葉を耳にしたとき。

ふと。

関家さんは、この本音を口にしたくて、俺を呼んだのではないかという気がした。

「……女はいいよな。すぐ自分から『会いたい』って言えて」

網の上の肉を手持ち無沙汰にトングで裏返しながら、関家さんは愚痴っぽくつぶやく。

そんな弱気な彼を見ていたくなくて、俺はやっと口を開いた。

「……男だって、言いたいなら言えばいいじゃないですか」

関家さんが、トングの手を止めて俺を見る。

「『会いたい』って、自分から、ちゃんと本人に」

一瞬ハッとした顔をしてから、関家さんは俺を見つめた。

「……お前は、言えてんのか？」

今度は、俺がハッとする番だった。

そんな俺に、関家さんは自嘲のような、労《いた》わりのようなまなざしを向けて言った。

「明日《あした》、二月十四日だろ」

◇

三年前のバレンタインデーは、月愛から手作りのガトーショコラをもらった。

次の年と、その次の年……去年は、手作りではなかったが、何週間も前からデートの約束をして、有名ブランドのチョコをもらった。

そして今年。

月愛から十四日の予定は訊《き》かれていない。

しかも、今日も月愛からメッセージがない。

また「エリアマネージャー」だろうか？

社会で責任ある立場で働いたことがない、酒も飲めない、大人の世界のことが何もわからない自分が悔しい。

――お前は、言えてんのか？

夜、自室のベッドに寝転んでスマホを触っているときに、関家さんの言葉を思い出す。

「……でも、今言ったら、なんかチョコが欲しいだけの男みたいだしな……」

悩みに悩んで、月愛とのメッセージ画面を見つめて、通話ボタンを押そうかどうか迷っていたときだった。

その月愛から、着信があった。タイミングが良すぎて、一瞬自分で発信ボタンを押したのかと思った。

「る、月愛!?」

「リュート〜！　今日もごめぇん！　また昨夜、エリマネに誘われちゃって」

「……！」

やはりそうだったか……。

胃がググッと重たくなったが、交際歴三年半の彼氏としての余裕を見せなければ。

「そ、そうか。大変だったね、お疲れさま……」

「リュートぉ……」

そこで、月愛の声がいきなり甘くなる。

「会いたいよ……」

心細い声だった。月愛《るな》の吐息で震える空気を、今この瞬間、スマホに押しつけた耳に感じているような気がした。

さっき関家さんに言われたことを思い出して、胸がせつなくなった。

「……俺も、月愛に会いたいよ」

思わずつぶやくと、月愛がハッと息を呑《の》む。

「ほんと？」

「うん。めちゃくちゃ会いたいって、ずっと……毎日思ってる」

月愛は社会人だから。

俺には学生の本分があるから。

昔みたいに会えないのは当たり前だって自分に言い聞かせて、騙《だま》し騙し毎日を過ごしてるけど。

本当は、今だって、毎日月愛の笑顔に会いたい。

一生大切にすると決めた、俺のたった一人の特別な女性に。

「リュート……」

月愛の声が揺れている。

そして、次に聞こえてきたのは、きっぱりとした声色だった。

「じゃあ、会お。決めた。明日の夜、空いてる？」

「えっ⁉　い、いいの？」

嬉《うれ》しいはずの提案だけど、急すぎる展開に焦《あせ》ってしまう。

「うん。昨日の飲み、うちの店長と一緒だったんだけど、『最近ルナちゃん召喚多くてしんどそうだから、明日早く上がってもいいよ』って言ってくれたんだ」

「そ、そうなんだ……」

相槌を打ちながら、エリアマネージャーとサシ飲みではなかったのか、よかった、とホッとした。店長は女性だ。

「……じゃあ、明日楽しみにしてるね！」

待ち合わせ場所を決めたあとで、月愛は明るく声を弾ませた。

「うん、楽しみにしてる」

胸を躍らせて、電話を切ってから。

関家さんは山名さんに連絡できたのだろうか、と頭の片隅で思った。

◇

十九時前、新宿駅前で、俺と月愛は落ち合った。

「リュートー！」

久しぶりに会った月愛は、相変わらず愛らしかった。どこがどうとは言えないが、また少し綺麗《きれい》になったような気がする。

実際、アパレルで働き出してから、月愛はさらにオシャレになったと思う。山名さんや谷北《たにきた》さんも高三の頃にそう言っていたから、これは自信を持って言える感想だ。

「行こ行こ。お店予約しといたんだ」

「あっ、そうなんだ……ありがとう、ごめん」

「いーの、いーの、あたしが楽しみすぎてやったんだから！」

そう言った月愛が、雑踏の人波を避けるように俺に身を寄せる。彼女の指が、俺の左手の指にしなやかに巻きついて、ぎゅっと手を握られる。

温かい。

月愛の肌の感触がする。

ああ好きだ、と胸が高鳴った。どうしてこんなに会わずにいられたんだろう、と心底不思議になるほどに。

何年経《た》っても、俺は月愛にずっと恋をしている。

月愛が予約してくれたお店は、大人な印象のワインバルだった。壁沿いに設置された透明なワインセラーにずらりと並んだボトルが、洒落《しゃれ》た雰囲気を演出している。

そんな中を歩いて、俺たちが通されたのは店の奥にある個室だった。テーブルを挟んで二人掛けソファが二脚設置されていて、引き戸が閉まるタイプの完全個室だ。

「個室空いてたからポチッちゃった。たぶんキャンセル分かな？　朝の電車の中でネット予約したの」

「そうなんだ、ありがとう」

ラグジュアリーなソファにそわそわしながら腰掛けて、月愛と向かい合う。

店員が去ってから、月愛と共にメニューを眺めた。

「ここね、エリマネによく連れてきてもらうお店なんだ。タコのマリネがちょー美味《おい》しくてね、リュートにも食べさせたいって思ったの。タコ好きでしょ？」

「うん。食べたい」

「あと、マッシュルームのグリルもヤバいよ！　大きくて、しいたけみたいなの。最初食べたときマジ、テンションぶち上がった！」

「へえ、美味しそう」

もう長い付き合いだから、月愛は俺の食の好みをよく把握してくれている。

「じゃあ、あたしがオススメ頼んじゃっていい？」

「うん」

「飲み物はー……」

月愛がソフトドリンクのページを開くので、俺はアルコールの方をめくってあげた。

「飲んでいいよ」

「あ、別にいーよ。ノンアルワインで乾杯しよー！」

月愛は笑顔でメニューを閉じ、店員を呼ぶボタンを押した。

「いつも一杯で酔っちゃうから、今日は料理を味わいたいんだ」

俺に合わせてくれてるのだと思うけど、それすら気にさせないように感じよく笑う月愛は、相変わらず優しくて尊い。

だが、そんな天使のような彼女を前にしながら、俺には少し引っかかることがあって

……。

月愛が注文してくれた料理は、どれも俺の好みで、美味しかった。

軽く空腹が満たされるくらい舌鼓《したつづみ》を打ってから、俺はそわそわと個室を見回した。

白と黒を基調にした、シンプルながら安らぎを感じる内装。壁にはモダンアートというのか、いくらか幾何学的な絵が飾ってある。

こんな雰囲気のいい場所で、月愛が他の男性と食事をしている場面を想像したら……どうしても胸がざわついてしまう。

「……エリアマネージャーとも、いつも個室なの？」

おそるおそる切り出してみると、月愛は軽く首を振った。

「ううん。あの人ほんと思いつきで誘うから、予約なんてしてないの。いつも直前にお店に電話して、空いてなかったら別の店に行く感じ。個室は予約しないと空いてないよー」

「そうなんだ」

少しほっとした。

「トイレ行くときにここの前通るから、『個室あるんだー、リュートと来たいな』って、あたしが勝手に目つけてただけ」

そう言ってから、月愛は俺を見つめて、からかうような笑みを浮かべる。

「……もしかしてリュート、エリマネに妬《や》いてるの？」

「い、いや、別に……」

図星をつかれて、咄嗟《とっさ》に取り繕えず、うろたえてしまった。

そんな俺を見て、月愛はおかしそうに笑う。

「だいじょぶだよ、ただの陽気なおじさんだし。めっちゃキレイな奥さんと、ちょー可愛《かわい》い娘さんいるから」

「……まぁ、それでも、浮気《うわき》する人はするじゃん……？」

俺の言葉に、月愛は一瞬にして暗い顔になる。

「……まーね」

「あっ……」

芸能人の例などを思い出して言ったのだが、そういえば月愛のお父さんもそうだった……と思い出して焦る。

「いや、あの、でも、別に、その人と月愛が浮気するとかを疑ってるわけじゃなくて。セクハラとかされて、月愛がイヤな思いしてないといいなって気持ちで……」

なんとかフォローしようと言葉を紡《つむ》ぐと、月愛は顔を上げて微笑《ほほえ》んだ。

「そっか。ありがと。……やっぱリュートって優しいね」

そうつぶやいてから、安心させるように微笑む。

「でも、ほんとに大丈夫なの。あたしだけじゃなくて、いろんな店長や副店に声かけてる人だから。そんなエロエロおやじだったら、このごジセー、会社ですぐ問題になるでしょ？」

「確かに……」

会社というのは、やはり俺の想像よりもずっと厳しいところのようだ。少し恥ずかしくなったが、まだ引っかかりは残っている。

「で、でも、なんか、月愛が前に言ってたじゃん？　『あたしの気持ちを探られてる』とかなんとか……」

「あー、その話ね……」

月愛が思い出したように言って、真顔になる。

「実はね……」

少し硬い声色で、月愛が話し始めようとしたときだった。

静かな個室にバイブ音が響いて、月愛が自分の鞄《かばん》を探った。取り出したのは、点灯して振動しているスマホだ。

「あ、おばあちゃんだ。なんだろ。こんな時間に珍しー……」

月愛《るな》が画面を見てつぶやく。

「出なよ。緊急の用事かもしれないし」

「うん……」

ちょっと扉の方を見てから、月愛はスマホのボタンを押した。個室だから通話してもいいかと判断したのだろう。

「……なに、おばあちゃん？」

月愛は遠慮がちな小声で言う。

『月愛ちゃん、離乳食ってどこにあるの？』

普段からはっきりしゃべる人だからか、電話口から聞こえるおばあさんの声は、耳をすまさなくても俺の耳にまで届いた。

『美鈴《みすず》さんがね、ちょっと離れた薬局に買うものがあるから見ててくれますかって、陽菜《はるな》ちゃんたち置いてっちゃったのよ～。そしたらすぐに二人とも泣き出すから、あたし困っちゃって。お腹空《なかす》いてるんじゃないかしら？　美鈴さん、そんなこと一言も言ってなかったけど』

「それ、お腹空いてるんじゃないと思うよ、おばあちゃん」

月愛は落ち着いていた。

「美鈴ちゃん、ちゃんと時間決めてご飯あげてるから。今は眠いんだと思う。抱っこしてあげてくれる？」

『え？　抱っこ？　どっちを？』

「どっちもだよ」

『ムリよ～。一人だって重たいのに、腰痛くなっちゃう』

「ソファに座って、片手ずつで抱っこしてあげればできるから。胸とお腹くっつけてれば安心して泣き止《な》《や》んでくれるよ」

『そんなこと言ったってね～。あたしはママや月愛ちゃんじゃないし……』

おばあさんは弱ったように言う。

『ねぇ、月愛ちゃん、また今日も遅いの？』

月愛はちらっと俺を見たが、毅然《きぜん》とした表情で口を開いた。

「うん、ちょっとごめん。今日は大事な用があるから。遅くなりすぎないうちに帰るし、美鈴ちゃんだって、お使いならすぐ帰ってくるよ」

『ほんと困るわぁ。一人ならともかく、双子ちゃんなんだから……あたし一人じゃ不安よ。子どもだって、ママじゃないと不安よね』

「そんなこと言ったらあたしだってママじゃないし、最初は不安だったよ。でも大丈夫。

おばあちゃんも家族なんだから」

優しい微笑みを湛《たた》えて、月愛は言う。

「たぶん、子どもって、自分の傍《そば》にいて、無条件に優しくしてくれる人を好きになるんだよ。だから、キューキョク家族じゃなくたって、お母さんの代わりになれると思うし」

そう語る月愛の穏やかな笑顔を見ていたら、彼女が普段、自分の腹違いの妹たちにどれほど愛情を注いでいるかがわかった。

美鈴さんを助けるため……最初はそういう気持ちだったのかもしれない。

でも、義務感だけじゃない。

月愛は妹たちを愛している。

だから、仕事で疲れていても、頑張れるのだろう。

そして、彼女が果たす役割が、今の白河《しらかわ》家でどんなに大きいか、おばあさんとの電話で伝わってきた。

おばあさんは、その後も月愛に愚痴を言い続けていたが、

『……あ、美鈴さん帰ってきた。よかったわぁ』

と、突然あっさり電話を切った。

「……はーぁ。おばあちゃん、実は子ども苦手なんだよね。自分も二人育ててるのに」

電話が切れたあと、月愛はそう言って苦笑した。

だが、その直後、またしてもスマホが着信で震える。

「もう、今度はなーに、おばあちゃん？」

ろくに確認もせず、月愛は電話に出た。

『ルナちゃん、ごめん！　聞いてくれる⁉』

電話口から聞こえてきたのは、若い女性の声だった。月愛の「おばあちゃん」発言も気に留めないくらい、相当テンパっている様子だ。

「えっ、て、店長⁉」

月愛はスマホを一旦耳から離し、表示を確認して目を丸くする。

「どうしたんですか？」

『桜のディスプレイにするの、明後日《あさって》からじゃなくて明日《あした》からだった！　さっき月愛ちゃんが帰ったあと、本部からの連絡で気づいて。カンナちゃんも閉店まで手伝ってくれてたんだけど、バイトの子をムリに残業させらんないから帰したとこで……』

どうやら仕事の連絡のようだ。

『ルナちゃんには、センスいいから入り口のマネキンのコーデを任せようと思ってたんだけど……もし近くにいたら、戻ってきてくれないかなぁ？　一生のお願いっ！　今度なんでも奢《おご》るから！』

月愛はじっとテーブルの上を見つめていたが、やがて軽く目を閉じて、深呼吸のように息を吐いて吸う。

「……わかりました。まだ新宿にいるので、今から行きますね」

目を開けて扉の方を見ながら、月愛は凛《りん》とした声で言った。

『マジ⁉ ありがとう！ 私のミスで、ほんっと申し訳ないっ！』

店長は、電話を切るまで平謝りで、月愛に感謝していた。

「…………」

電話が終わってから、月愛はしばらく複雑な面持ちでスマホを見つめていた。

「……ごめん、リュート。仕事のトラブルで、あたしお店戻らなきゃ」

「うん」

なんとなくだけど事情は充分わかったので、俺は深く頷《うなず》く。

「大変だね。いってらっしゃい」

そんな俺に、月愛は申し訳なさそうな微笑を向ける。

「ごめんね。今夜はちょっとゆっくりデートできると思ってたのに」

そう言ってコートを羽織り、身支度を始める。

「もったいないから、よかったら残り食べてって。お会計はあたしが済ませとくから」

「えっ、いや、いいよ。俺も払う……」

「ううん。だって、今日はトクベツな日でしょ？」

そう言って、月愛は鞄の横にあった小さな紙袋を差し出してくる。

「はい。これチョコ」

それは有名な高級チョコレートブランドのロゴが入った紙袋だった。

「あ、ありがとう……」

受け取った俺に、月愛はそっと微笑みかける。

「こちらこそだよ。リュートがいるから、あたし頑張れてるし」

親しみと真心のこもった、優しい微笑だった。

俺がかつて恋した、そして今なお想《おも》い焦がれ続けている、あの頃よりも大人びた美しい笑顔。

そんな彼女を見送って、一人個室に残った俺は、紙袋の中を確認する。

中には手のひら大の上等なチョコレートの箱と、小さなメッセージカードが入っていた。

いつも支えてくれてありがとう

リュート、大好き♡
早く毎日一緒にいられるようになりたいな♡
ルナ

「……結婚しよ」

カードを読んだ俺は、しばらく放心してから、胸を熱くしてそっとつぶやいた。

◇

職場でも家庭でも、月愛は周りの人に必要とされ、頼りにされて、立派に役目を果たしている。

そんな女性の彼氏として、俺も自分のやるべきことに邁進《まいしん》しなければならない。

編集部のバイトには、週三で入ることになった。塾バイトが閑散期なこともあって、新高三生をなるべく土曜日に集めて、今まで受験生が入っていた曜日に編集部バイトを入れた形だ。

ちなみに黒瀬《くろせ》さんは週四で入っていて、俺のいる曜日にはいつも彼女がいる。

そんな彼女が、ため息をつきながら作業をしていた。

時刻は午後八時。

「はぁ〜……」

「校了後って、これがあるからイヤよね」

そう言いながら、社員の机の上に散らばったゲラを黙々と整理している。

最近知った用語だけど、校了というのは、雑誌の内容を確定して、印刷の工程に回すことだ。それはつまり、掲載予定のすべての原稿を、細かい修正まで済ませて、完全な形で提出するという作業になるので、校了前は編集部が一番ピリつく時期だ。

この編集部は、青少年向けの漫画雑誌『クラウンマガジン』を毎月刊行している。校了日が近くなると、社内の空気は張り詰め、徹夜明けのようなコンディションの悪そうな編集者が増え、無事校了日を迎えるとゾンビのような姿で家に帰っていく。

その作業過程で大量に発生するのが「ゲラ」という出力見本……簡単に言うと、作りかけのページのようなものだ。

明日からの通常業務に向けて、彼らが修羅場中に散らかした大量のゲラなどを片付けるのが、今日の俺たちバイトの仕事だ。

そして、それはまだ終わっていない。完全に残業だ。その分の時給はもらえるらしいので、まあいいんだけど。

クラウンマガジン……通称『クラマガ』の業界内での位置付けは、漫画好きなら知るツウの漫画雑誌、という感じだろうか。俺も名前だけは聞いたことがあったけれども、ここで働くまで手に取ったことはなかった。だが、ラインナップを見てみると、かつて社会現象的に流行《はや》った人気漫画の作者が趣味に走った作品を連載していたり、王道少年漫画雑誌では不可能そうな一癖あるピカレスク物を扱っていたり、かと思うと完全に「萌《も》え」に走った作品もあったりと、なかなか懐《ふところ》の広いコンセプトの雑誌のようだ。

そんな編集部だが、社屋の面積は五階のフロア半分ほどと、それほど広くない。学校の教室二、三個分くらいだろうか。編集者は、編集長などの役職者を除いても十人以上いるみたいだけど、在宅勤務の人もいたりして、まだすべての人には会えていない。

そして今、彼らは誰もいない。部屋の中には、俺と黒瀬さんだけだ。

「加島《かしま》くん、あとどれくらいで終わりそう？」

「うーん……。まぁ、だいぶ片付いてきたし、一時間もあれば……」

「こっちもそれくらいかな。はぁー……片付けってほんと楽しくない。何もクリエイティブじゃないもの。そりゃバイトも辞めるわよね」

節電のため、三つのスイッチに分かれている天井の蛍光灯は、俺たちの真上しか点《つ》けていない。

「すっかり暗くなって……っていうか、雨降ってるじゃない」

ふと手を止めて窓の方を振り返り、黒瀬さんがつぶやいた。

「ほんとだ」

「加島くん、傘持ってきた？」

「いや……」

俺たちは今、隣同士で作業している。黒瀬さんは編集長の、俺は副編集長のデスクのゲラを片付けている。窓を背にしているので、天気の急変に気づかなかった。防音が利いているのか雨音は聞こえない。

「雨降るなんて、予報で言ってた？」

「いや、晴れてたからあんま気にしないで出てきた……」

そんな話をしていると、暗い窓の外から、視界の端に閃光《せんこう》が飛び込んでくる。

数瞬遅れて、内臓を揺らすような轟音《ごうおん》が鳴り響いた。

「きゃっ！」

黒瀬さんが、耳を押さえて悲鳴を上げる。

「雷か。珍しいね……こんな時季に」

雷といえば、とにかく夏のイメージだ。

「……春雷かしら？　最近少し暖かくなってきたから」

「しゅんらい？」

「春の雷。俳句の季語にもなってるのよ。春の訪れを表す言葉よね」

そんなことをさらっと言って、黒瀬さんは作業を再開する。

国文学科の学生らしいな、と思った。

昔から知的な雰囲気のある女の子だったけど、彼女の知性は、大学に入ってますます磨かれているようだ。

だが、そんな彼女の落ち着きは、次の落雷で再び取り崩される。

「きゃあっ！」

彼女は作業を放り出し、窓辺に寄ってブラインドの隙間から外を見る。

「なんなの……ちょっと近くない？」

「そうだね……」

俺も一旦手を止めて、黒瀬さんの隣に立って窓の外を眺めた。

「きゃっ！」

稲光とほぼ同時に、彼女をビクッとさせる雷鳴が鳴り響く。

「なんかめちゃくちゃ近そう……」

そのときだった。

フロアの灯《あか》りが、突然すべて消えた。

「えっ、やだ、なに⁉」

黒瀬さんが声を上げる。

そこに落雷。

「キャーッ！」

全身にどさっと衝撃を受ける。

抱きつかれたのだと気づいたのは、ふわっと香る甘い匂いを嗅いだ瞬間だった。

「く、黒瀬さん……⁉」

焦《あせ》って身を離そうとしたが、俺に抱きつく彼女の身体《からだ》は、小刻みに震えている。

「停電……？　やだやだ、暗いの怖い……」

頼りなく震える、か細い声が聞こえる。

そのとき、ハッとした。

高二のとき、黒瀬さんは、外灯のない、暗い神社で痴漢に押し倒された。襲われた直後の彼女は、やはりこんなふうに震えていなかっただろうか。

「…………」

俺の方から、彼女を引き離すことはできない。

弱りきって、暗い天井を仰ぎ見たときだった。

「……あ」

蛍光灯が明滅して、灯りが戻ってきた。予備電源が作動したのか、落雷による停電は一時的で済んだようだ。

「……で、電気ついたね。よかった……」

いまだ俺の胸にかじりついて震えている黒瀬さんに、おそるおそる声をかける。

「…………」

黒瀬さんはしばらく動かなかった。

「……そうね」

何度か深呼吸をしたように肩が上下してから、彼女はそうつぶやいた。

そして、俺の胸からそっと手を離して、三歩後退する。

「……ごめんね。仕事、早く終わらせましょ」

何事もなかったかのように言って、黒瀬さんはぎこちなく微笑《ほほえ》んだ。

仕事が片付いて外に出ると、雨はもう止《や》んでいた。

腹が減りすぎていたので、黒瀬さんの誘いに乗って、この前の居酒屋に行った。

「……加島くん、わたしね」

一杯目の生ビールを飲み干してから、黒瀬さんは言った。

「男の人が怖いんだ」

どういうことだろうと見守っていると、黒瀬さんは目を伏せる。

「夜道で知らない男の人が横を通り過ぎるだけで、心臓を摑《つか》まれたみたいにビクッとしちゃうの。……おかしいよね」

「……それは、あの神社での痴漢のせい？」

おずおずと尋ねた俺に、黒瀬さんはちらと視線を向ける。

「そうね。あのあとからかな」

再び俯《うつむ》いて、黒瀬さんは口を開いた。

「わたし、一年の頃、オシャレなカフェでアルバイトしてたことがあるんだけど」

伏し目がちなまま、彼女は続ける。

「たまたまだったのか陽キャの人が多くて、男の子たちみんな、女の子にも平気でボディタッチしてくるの。怖くて、二週間で辞めちゃった」

確かにそれは俺でも辞めたくなるな……と思った。人種が違いすぎる。

「編集部の人たちはジェントルマンよね。陰キャなだけかもしれないけど、陰キャのわたしには合ってる」

冗談っぽく言って、黒瀬《くろせ》さんは自嘲気味に笑った。

「……さっき停電したとき、びっくりしたんだ。わたし、今でも……加島くんのことは怖くないんだって。自分から抱きつけるくらい」

そうつぶやく口元には、自嘲の余韻を残した、複雑そうな微笑が浮かんでいる。

「…………」

先ほど、彼女が抱きついてきたときの感触や匂いを思い出した。

さらには高校時代の、体育館倉庫での出来事までをも思い出してしまい、動揺して頬が熱くなる。

「……あの、俺……」

うわずった声で、俺は口を開いた。

「大学を卒業したら、月愛《るな》と結婚しようと思ってるんだ」

なんでこんなことを言ったのか、自分でもよくわからない。月愛と話し合って決めたわけでもない。

ただ、未《いま》だ全身に残っている黒瀬さんの感触を、何かで打ち消さなければと思ってしまった。

「……そうなんだ。おめでとう」

黒瀬さんは上目遣いにちらと俺を見上げてから、口角を上げて言った。

「ふふ」

何がおかしいのか、俯いた黒瀬さんは一人で笑う。

「……ずっと、加島くんへの気持ちの置きどころがわからなかったの。でも、そっか……そうなったら、加島くんはわたしの『お兄ちゃん』になるんだよね」

わずかに目を細め、黒瀬さんはテーブルの隅を見つめる。

「そういうふうに、接したらいいのかもね」

自己完結するように笑ってから、黒瀬さんは俺を見る。

「……ね、『お兄ちゃん』？」

いたずらっぽく微笑みかけられて、また少し動揺してしまった。

そんな俺から視線を逸《そ》らし、黒瀬さんは落ち着いた口調で話し出す。

「……さっきの話とは矛盾するけどね。男の人が怖いのに、男の人に惹《ひ》かれる自分もいるの。変だと思うんだけど」

そう言ってから、雑然とした居酒屋の店内の、遠い彼方《かなた》に夢見るようなまなざしを向ける。

「わたしより高い身長、広い肩幅、大きな手……それが怖いのに、そこに触れてみたい気持ちもある。わたしを傷つけたり苦しめたりしない、大事にして守ってくれる……たった一人の男の人にならって」

そして、目を伏せて恥ずかしそうに微笑んだ。

「さっき加島《かしま》くんに触れて……自分の中に眠ってた、そういう気持ちを思い出したんだ」

「…………」

また少しそわそわしてしまったが、そこで黒瀬さんの二杯目の生ビールが届いた。

黒瀬さんが、ジョッキを持ってグビグビと飲み始める。

「……あーあ。加島くんみたいな誠実な人、どこにいるのかなぁ？」

ジョッキを口から離して、黒瀬さんが言った。少しやさぐれたような口調だった。

「け、けっこういると思うよ。イッチーだってニッシーだって、馴《な》れ馴れしいボディタッチも、浮気《うわき》もしないと思うし……」

とりなすような俺の発言に、黒瀬さんは顔をしかめる。

「仁志名《にしな》くんはずっと笑琉《にこる》ちゃんが好きだし、伊地知《いじち》くんに手出したら朱璃《あかり》ちゃんに殺されるでしょ。他の人挙げてよ」

「えーっ……」

「大学の友達とかでいないの？　紹介してくれない？　わたしもそろそろ恋愛してみたい」

「ええ？」

なんだかめんどくさそうな流れなので、この辺で話を変えたくなってくる。

「それはそうと、今月のクラマガの特集見た？　さっきゲラで見たんだけど……」

「えっ、なになに？」

そうやって、一旦は話題を逸らしたものの。

三十分後。

「ねぇ～～加島く――――ん！　オトコ紹介してよぉ～～、オ・ト・コ！」

黒瀬さんはすっかり出来上がっていた。

空になったビールのジョッキを持って、テーブルにダンダンと打ちつけている。

その頬は赤く、瞳は焦点が合っていない。

「く、黒瀬さん……みっともないから静かにして……！」

何が酒強いだよ！　思いっきり悪酔いしてるじゃないか！

確かに、今日はこの前よりペースが速くて、もう五杯目くらいだけど。

「ね～ぇ、聞いてる～⁉　加島くんが返事しないからでしょお～⁉」

「な、何……」

「だから、オトコ紹介してって言ってるの～！　一人くらいいるでしょお～⁉　彼女も、好きな人もいない男友達」

「い、いるにはいるけど……」

思い浮かべているのは、もちろん久慈林《くじばやし》くんだ。それ以外いない。

「じゃあ、今すぐ連絡してよ～お！」

「い、いや、でもそういうタイプじゃないっていうか……」

「いいから早く言ってよ～！　お兄ちゃ～ん⁉」

「わ、わかったよ……！」

周りの目が気になって、俺はついに承服してしまった。

スマホを取り出して、メッセージを送信するためにアプリを開く。

俺の彼女の双子の妹が、彼女募集中の男の人を紹介してくれって言ってるんだけど、よかったら一度会ってくれないかな？
今酔っ払ってて、めっちゃからまれてて
俺を助けると思って、お願い！

久慈林くんからは、すぐに返信が来た。

別にいいよー
いつにする？

もう慣れてしまったから違和感もないけど、久慈林くんは、活字では普通にフランクな話し方をする。不思議な人だ。
っていうか、普段あんなにリア充を目の敵にして、恋愛に興味ないふうを装《よそお》ってるのに、紹介は受けてくれるんだ。なんか乗り気っぽいし、意外だ。
「……『いいよ』いただきました」

俺の報告に、黒瀬さんの酔いどれの瞳が輝く。

「ほんと〜お⁉　やったぁ〜〜♡」

そして、空のジョッキを持ったまま、通りかかった店員に声をかける。

「祝いの乾杯じゃ〜！　お姉さ――ん、もう一杯！」

「いらないです、すいません！　代わりにお水ください！」

もう二度と、黒瀬さんには酒を飲ませ過ぎるまいと、心に固く誓った。

◇

その後、俺の調整によって、黒瀬さんと久慈林くんは、翌日に早速会うことになった。

ところが。

「……ねぇ、加島くん。あれってなに？　わたしが高二のときにした月愛への嫌がらせの仕返しを、今頃しようと思ったわけ？」

その翌日、クラマガ編集部で会った黒瀬さんは、怖い顔をして俺に詰め寄ってきた。

「ど、どういうこと？」

「あの人、二時間ずっと森鷗外《もりおうがい》の話して帰ったんだけど。わたしと一回も目を合わせないまま」

「えっ……」

なんだそれは……と息を呑《の》んだ。

久慈林くんに「どうだった？」とメッセージを送っても返事がないから、うまくいかなかったのかなとは思っていたけど。

「あ、ああ……彼、国文学専攻だからかな……」

俺の苦しまぎれのフォローに、黒瀬さんは一層顔を険しくする。

「わたしだってそうだけど？」

「ほ、ほら、異性と付き合ったことないし……」

「同じく、そうですけど？」

黒瀬さんの眉間に何重もの皺《しわ》が寄る。

「でも、自分の専門分野の話が、初対面の異性の前で選択する話題じゃないことくらい、Sラン大学生じゃないわたしにもわかるわよ？」

「………」

フォローのしようがなく黙っていると、黒瀬さんは傷ついたように目を伏せる。

「そんなにわたしがタイプじゃないなら、はっきりそう言って欲しかった」

「い……いや」

俺はそこで口を開く。

「恋愛対象が女性で黒瀬《くろせ》さんのことがタイプじゃない男なんて、この世に存在しないよ。保証する」

それを聞いて、黒瀬さんは一瞬黙った。ややあって、少し頰を赤らめて。

「……あ、ありがと……」

と蚊の鳴くような声でつぶやく。

その隙に、俺はフォローを再開した。

「悪気はなかったんだと思うよ。悪そうな人じゃなかったでしょ？」

「まぁ、それはそうだけど……」

とはいえ、黒瀬さんはまだ納得しかねるようで、拗《す》ねたように口を開く。

「……わたし、真剣だったのよ。本当に恋がしたいと思ってるから。加島くんの友達なら間違いないだろうって期待して……。男の人は苦手だけど、恋愛対象として、ちゃんと向き合うつもりでいたのに」

寂しさすら滲《にじ》ませる表情で、そっとため息をついた。

「とんだ肩透かしだったわ」

「……………」

俺だって久慈林くんが適任だとは思っていなかったが、紹介した手前、申し訳なくて縮こまるしかない。

「で、次はどんな人なの？」

「えっ？」

からっとした声で言われて、俺は顔を上げる。

「また紹介してくれるんでしょ？　さすがに二年も大学通ってて、友達一人だけなわけないわよね？」

ふてぶてしさすら感じるような面持ちだが、黒瀬さんはやっぱり抜群の美少女で。

「次はいい人よろしくね？『お兄ちゃん』？」

可愛《かわい》らしい上目遣いで言われた俺は、咄嗟《とっさ》に断ることができなかった。

◇

次なんてない。

俺の手持ちの弾は、久慈林くんだけだ。

「ちょ、ちょっと久慈林くん⁉」

翌週、いつも落ち合う昼休みの学食で、俺は先に着席する久慈林くんのもとへ、自分の注文を後回しにして向かった。

「黒瀬さんに、二時間、森鷗外の話だけして帰ったってほんと……⁉」

「如何《いか》にも」

カツカレーを前にした久慈林くんは、落ち着いた顔つきで頷《うなず》いた。

「初対面の女の子とのデートだよ？　わかってる？」

「百も承知」

またも深く頷いて、久慈林くんは口を開く。

「会った瞬間、確信してしまった。『こんなに可愛いメスが小生の彼女になるわけがない』と」

「……ラ、ラノベのタイトルかな？」

久慈林くんは今昔の日本文学に通じているので、昨今のオタク文学にも当然造詣《ぞうけい》が深い。

「そ、そんなことないと思うよ。久慈林くんもかっこいいし……。っていうか、その『メス』とかいうのもやめない？　同じ人間なんだから……」

「否《いな》。小生のような哀《かな》しき童貞妖怪と、雪月花の如《ごと》き煌《きら》びやかな美少女が、同じ人間だと貴君は思えるか？」

「思えるよ……。久慈林くんは妖怪じゃないし……」

「それに、そんなこと言ったら俺だって……」

久慈林くんの自虐は面白いんだけど、今日ばかりは真剣に諭してしまう。

言いかけて、言い留まった。久慈林くんの目が鋭く光った気がしたからだ。

「ん？　何をか言う。貴君は、愛する彼女と日夜くんずほぐれつの超絶リア充男であろう」

「にっ、日夜……!?　くんず……って！」

どっちにツッコんでいいかわからないが、どうやらこれが久慈林くんの俺へのイメージらしい。

「……い、いや、最近会えてないって言ったでしょ。一緒に暮らしてるわけでもないし……」

「ほう。褥《しとね》の方は干上がっているというわけか。これは愉快痛快」

「干上がってるっていうか……」

潤ったことがないというか……。

と忸怩《じくじ》たる思いで俯《うつむ》いていると、久慈林くんは俺の顔をじっと見る。

「まさかとは思うが……」

「………」

ついに言うときが来たか、と俺は息を呑む。

何度か久慈林《くじばやし》くんに打ち明けようとしたことがあったものの、彼が俺を「超絶リア充」扱いしてくるので言いそびれていたことを。

……だが、しかし。

「……まあ、そんなわけはあるまい。血気盛んな思春期の男女が、三年半もの間付き合っておきながら」

勝手に自己完結して、久慈林くんは引いてしまった。

「………」

また今日も言えなかった。

いや、そんなことはどうでもいい。今、俺が彼に言うべきことは。

「黒瀬さんのこと、気に入らなかったの？」

「否。されど、小生にはああするより他なかった。沈黙を貫くよりは、先方にとっても有

意義な時間であったろう。近代文学に興味がないわけではなさそうだったゆえ
「そりゃそうだよ、彼女、立習院《りっしゅういん》で国文学専攻してるんだもん」

「ほう」

久慈林くんが多少感心したように言う。

っていうか、大学の専攻すら紹介し合ってないのか。終わりすぎている。

「名前は？　名前くらい、さすがに紹介し合ったよね？」

「黒瀬 某《なにがし》であろう。貴君が教えてくれたではないか」

ダメだ。終わりだ。

「……あのさ、久慈林くん」

俺は彼の隣の空席に座った。

「俺と初めて話した日、久慈林くん言ってたじゃん。『小生の名前は超人ハルクが由来だが、長身とも言えぬ中途半端《ちゅうとはんぱ》な身長で止まってしまった。いっそのこと小柄であったら持ちネタにもなったであろうに』って。ああいう自己紹介から入ればよかったんだよ」

「…………」

久慈林くんは沈黙している。

「異性だとか美少女だとかそういうことは気にしないで、次は普通に会話してみよう？

ね？」

小さい子に噛《か》んで含めるような気持ちで促すが、久慈林くんは固く顎を引いている。

「……次など、あるわけないであろう」

「え？」

「さすがに小生にもそれくらいわかる。彼女は愛想《あいそ》をつかしていた」

「そんなこと……」

そのとき、ポケットのスマホが何度か震えるので、気になって取り出して見る。


で、どう？

次の人、見繕ってくれた？

お兄ちゃん？


「…………」

ダメだ。黒瀬さんは、久慈林くんを完全に見限っている。

そう確信してしまったら、頑《かたく》なな態度を取る目の前の久慈林くんに、もう何も言う気が起きなくなってしまった。

黒瀬さんは、その後も会うたびに「紹介」をせがんでくる。

彼女の男性恐怖症のきっかけである痴漢事件については、俺も責任を感じる点があるので、なんとかして協力してあげたいとは思うものの。

紹介できる友達がいないのだ。

「…………」

就寝前、ベッドに寝転がってスマホを見ながら。

俺は幾度かためらって、メモ帳に下書きなんかをしてから、久しぶりに開くグループLINEに文面を投下した。

りゅうと
久しぶり
二人とも、最近どう？
俺は飯田橋《いいだばし》書店の編集部でアルバイトしてるんだ。黒瀬さんに誘われて

返事が来るのは明朝かなと思っていたが、すぐに既読が2になった。

ユースケ
久しぶり！
へーすげーじゃん！

仁志名蓮《にしなれん》
てか、黒瀬《くろせ》さんとまだつながりあったんだ？
あ、そっか
白河《しらかわ》さんの妹だもんな

打ち合わせたようなタイミングで、次々に返信が来る。
まるで昨日も一昨日《おととい》もやりとりしていたかのような、スムーズな返事だった。
遡ったら、前回このトークルームを使ったのは一年以上前だったのに。

りゅうと

てかごめん、突然なんだけど、二人とも黒瀬さんに紹介できる男友達いない？ 陽キャじゃない、真面目で誠実そうな男の人を紹介してくれって言われてるんだけど、なんせ友達が少なくて…

仁志名蓮
それはエグいて
そもそも友達いねーし笑

ユースケ
いたとしてもキモオタ童貞しかいねーよ
黒瀬さんに紹介とかきっついわ

「…………」

で、ですよね～～！

事態はちっとも好転していないが、なんだか嬉《うれ》しくなってしまう。

仁志名蓮
それはそうと
俺ちょっとカッシーに相談したいことあったんだよね
今電話していい？

ユースケ
え、なんすかハブですか？
俺がキモキモ参加勢だからですか？

仁志名蓮
いや、笑琉《にこる》関係
察して笑

ユースケ
あーはいはい
まだやってたんだ
頑張れ

仁志名蓮
まだってなんだよ！
いーだろ！

りゅうと
いいよ、電話待ってる

トークを終了して待っていると、ニッシーから着信がある。

「あ、カッシー？　ほんと久しぶり」

「ああ、うん。元気だった？」

「ぼちぼちな。んでさ、俺、夏休みに車の免許取ったんだ」

「あ、そうなんだ」

「そろそろ運転にも慣れてきたから、笑琉をドライブに誘いたいんだけど……車って密室じゃん？　さすがに二人きりだと警戒されるかなと思って」

「あー……」

　確かに、彼氏持ちの女性を誘うのはハードルが高いかもしれない。

「だから、カッシーと白河さんが来てくれたらなぁって。白河さんと一緒なら、笑琉も安心するだろ？　それにカッシーも免許持ってるじゃん？　なんかあったとき運転代わってもらえたら、俺も心強いし」

「思いっきりペーパードライバーだけどね」

　俺は大学入学前の春休みに免許を取得した。ちょうどその頃から月愛《るな》が忙しくなり、受験が終わった俺はヒマを持て余していたからだ。相変わらず我が家には車がないので、最後の実技試験以来、二年近く運転していない。

「まぁいいから。白河さん誘ってよ。頼むよ」

「わかったよ」

久しぶりにニッシーに会いたいし、月愛と会う機会を増やせるのもラッキーだ。山名さんの現況にも興味がある。

ニッシーとの通話が終わると、俺は早速月愛に連絡した。

「いーよ！　日曜に半休取れそうなときあったらニコル誘っとく！　めっちゃ楽しみ～！」

イッチー、ニッシーと疎遠になってしまっていた俺と違って、月愛は高校時代の親友と今でもよく連絡を取っている。

山名さんとの話はすぐにまとまって、二週間後、俺たちは四人でドライブに出かけることになった。

◇

「おーっ、かっこいいじゃん車」

待ち合わせ時刻の午後三時、A駅のロータリーに停《と》まった車の運転席にニッシーを認めて、俺は歩み寄った。

ニッシーが乗っていたのは、シルバーのセダンだった。

「中古だけどな。オヤジが車好きだから、押したらイケた」

確かに、現在は廃番になっているモデルで、中高年人気が高い車種なので、なかなか通好みの選択だなと車好きとして思った。

「ほんと久しぶりだね」

一年以上ぶりに会うニッシーは、ちょっとオシャレになっていた。本人が熱望していたように突然身長がみるみる伸び出した様子はないけど、今時っぽいオーバーサイズのトップスを着こなして、有名ブランドの厚底スニーカーを履いている姿は、山名さんに会うための勝負服だとしても垢抜《あかぬ》けていると思う。

すぐに、月愛と山名さんも連れ立って現れた。

「お待たせ〜！」

「おー、めっちゃ久しぶりじゃん、カシマリュート」

山名さんは、ニッシーとちょくちょく食事に行っているらしい。俺は卒業式以来会っていなかったので、二年ぶりの彼女は随分と大人びて見えた。相変わらずギャルだけど、高校の頃より洗練された、お姉さんっぽい雰囲気になっている。

「月愛と後ろ座っていい？」

車に乗り込むとき、俺はさりげなくニッシーに訊《き》いた。

「あー、いいよ」

俺のアシストに気づいたのかどうか、運転席のニッシーはミラー越しに俺を見て答える。

「えー、あたし助手席かよー」

山名さんが、助手席のドアを開けて不満げな顔をする。

「いやなの？」

「助手席って、事故ったとき死ぬ確率一番高いってゆーじゃん」

「は？　俺の運転を信じろよ」

「若葉マークつけてるやつなんか、普通に信じらんねーわ」

笑ってニッシーに言い返しながら、山名さんはシートベルトを締めた。

相変わらず、仲が良さそうな二人だ。

「で、どこ行くん？」

「ドライブって言ったら、やっぱ海だろ」

「え、まだ寒いのに？」

月愛が驚く。

「まーいいけど。横浜方面？　湘南《しょうなん》とか？」

山名さんが訊いて、ニッシーはカーナビをいじりながら首を振る。

「いや、陰キャだから千葉しかムリでーす」

「あんた、そろそろ千葉に謝んな？」

「いーじゃん、あたし千葉大好き！」

月愛がフォローを入れて、車内は和やかなムードでドライブがスタートした。

だが、天気の方は、あまりドライブ日和とは言えなかった。

「げっ、雨降ってんじゃん」

山名さんの声で窓を見ると、細かい水滴が外側に張りついている。

「まぁ一時的みたいだよ。夕方から晴れる予報だったから」

ニッシーが答える。まだ一般道だからか、その表情には余裕がある。

「てかカッシー、今日途中で運転代わってくれんの？」

「えっ⁉」

驚く俺に、隣の月愛がキラキラした瞳を向ける。

「わー！　あたし、リュートが運転するとこ見てみたい！」

「うーん……」

そう言われると、かっこいいところを見せたい気もする。けど、下手くそな運転で慌てるところは見せたくないので悩みどころだ。

「……一応、免許証は持ってきたよ。教本も読み直してきた」

「わーい！」

月愛が喜ぶ。

「若葉マークとペーパードライバーかよ。今日がうちらの命日かもね……」

山名さんが大袈裟《おおげさ》なため息をつく。意外と悲観的な人だ。

「そーいえば、関家《せきや》さんって免許持ってるの？」

月愛が尋ねて、山名さんは首を横に振る。

「持ってない。受験受かったら取るって」

確かに、高三のときからずっと勉強しているなら、そんな暇はなかったはずだ。

「じゃあ、もうすぐじゃん？」

「……どーかな」

やさぐれたように答えて、山名さんは遠い目の横顔を見せた。

「もうあんま期待しないようにしてるんだ。あたしに何かできることがあるわけでもないし……」

「でも、来年から大学生になるのは決まったよね？　他学部の合格もらってるんだから」

俺が言うと、山名さんが血相を変えて振り返る。

「えっ、そうなの⁉」

しまったと思った。まさか山名さんに話していないとは思わなかった。

「うん……本人から聞いた。けど、知らなかったならごめん、忘れて」

「は？　忘れられるわけねーんですけど」

「サプライズで言う予定だったのかもしれないし。ほんとごめん」

「……まー、じゃあセンパイには黙っとくから」

山名さんは不承不承言う。

「……ちなみに、どこの大学？」

「聞いてないけど、近場じゃないかな。滑り止めだし」

「そっかぁー……センパイ、やっと受験終わるんだ」

山名さんは上気した頬で、感慨深げにつぶやいた。その横顔は、完全に恋する乙女のそれだ。

「………………」

俺はバックミラーを見た。ニッシーは進行方向をじっと注視したまま、黙ってハンドルを握っていた。

「え、やだ怖い怖い怖い怖い！」

高速に進入するときの急加速で、山名さんは叫び声を上げた。身を縮めて、窓の上にある取っ手に両手で摑《つか》まっている。

「おらおらおら～～！」

ニッシーは得意げにアクセルを踏んでいる。シューティングゲームで敵を掃射するときの表情だ。

「だいじょぶ⁉　だいじょぶなん⁉　後ろから来る車にぶつかんない⁉」

「だから俺を信じろって！」

「だから若葉マークのやつなんか信じらんねーんだよ！」

前の二人がぎゃーぎゃー騒いでるのを見て、俺は月愛と目を合わせる。

「……仁志名《にしな》くん、普通に運転上手だよね」

「ね」

たぶん、山名さんをドライブに誘うために相当練習したのだろうなと思った。車がない身としては、ちょっと羨ましい。

ニッシーが運転する車は順調に高速を進んで千葉方面に向かっていたが、途中で停滞する区間もあった。

「……何これ。なんでこんな進まないの？」

「五キロ渋滞だって。カーナビに出てる。事故か車線規制かも」

「はぁ？　隣の車線行けないの？」

「ムリだよ。どっちも進んでないし」

「はぁー……ダルすぎ」

山名さんが多少イラついた声を上げ、車内の空気が澱《よど》みかけたとき。

「ニコル、フィナンシェ食べる〜？」

月愛《るな》が、自分の鞄《かばん》からお菓子を取り出した。

「昔のバ先のケーキ屋さんで買ったんだー」

「お、食べる食べる！　あそこのマジなんでも美味《うま》いよね〜」

ちょうどおやつの時間帯で、小腹が空《す》いていたのかもしれない。車内は一気に和やかムードになって、俺は改めて月愛に惚《ほ》れ直した。

幸い渋滞は二十分ほどで解消されて、車は再び高速で走り出した。

そしてついにトンネルを抜け出し、左右に海が広がる橋の上を走行し始める。

あいにくの天気だから海の色はグレーに近いけれども、海なし県の住人としては壮観で見入ってしまう。

「え、何この道めっちゃ気持ちいい！」

「わーすご！　全部海だー！」

「アクアラインな。海ほたる寄ってく？」

「行く行くー！　知らんけど」

それで、車は海ほたるのパーキングへ向かった。

俺もよく知らなかったが、海ほたるとは、神奈川と千葉を繋《つな》ぐアクアラインという道の中にあるパーキングエリアらしい。

本当に、海のど真ん中にぽっかり浮かぶ人工島なので、三百六十度海という眺めを堪能《たんのう》できる。

「え、めっちゃいい景色！」

デッキを歩いているだけで開放的な気分になっていると、月愛が感動の声を上げた。

「スマホスタンドあるよー！　写真撮ろーよ！」

「おいーね！」

「はい、十秒タイマーにした！」

「ルナ、早く早くー！」

「え待って！　デッキの溝にヒールハマったんだけど！」

「ちょ、何してん」

「ギャハハ〜！」

ドタバタしているうちに、シャッターが切られてしまった。

「ウケる！　蓮《れん》、半目じゃん」

「笑琉《にこる》だって懲役三百年の顔してんじゃん」

「だから目つきわりぃのイジんなっつってんだろ」

「まーそれがいいと思ってんだから俺は」

「このドM野郎が」

こうして見てると、二人は普通に男女としていい感じに見える。こういうのを「ケンカップル」というのだろうか。

「てか、あたしがタイミング狂わしてごめんー」

「それな〜。捕獲されんなよ〜」

テヘッと笑う月愛を、山名さんが笑って小突く。

「次は俺がシャッター押すよ。月愛はそっちいて」

「え、ありがとリュート！」

そうして写真撮影は無事終わり、俺たちは飲み物を買ったりして車に戻った。

空は晴れてきて、夕暮れ時の海沿いのドライブは気持ちよかった。

ケーブルで車と繋がれたニッシーのスマホからは、俺でも聞いたことがある洋楽が流れていた。

「「ウィー、アーネバー、エバー、エバー、エバー……」」

助手席の山名さんと月愛が、サビになって同時に口ずさむ。

「そこだけじゃん」

曲の終盤、ニッシーが笑った。

「は？　最初の『ウー』も歌ってたでしょーが」

「覚えよーと思って歌詞見ても、英語だからすぐ忘れちゃうんだよね」

「それなー」

月愛の言葉に、山名さんも笑う。

俺は何を憂えていたんだろう、と思った。ニッシーも山名さんも、あの頃のままだ。

きっとイッチーや谷北さんとも、会ったらそう思うんだろう。

壁なんて感じずに、もっと早く連絡を取ればよかった。

KENの話をしなくても、共通の話題がなくても、俺たちは普通に友達だった。

一緒にいて、同じものを見て。同じ時を共有することができれば、それだけで楽しめる関係だった。

そのことに気づいて、胸が熱くなった。


そうして、俺たちは海辺に到着した。

先ほどまで雨が降っていたためか、春分前の夕方の海岸は想像以上に寒かった。

灰色の砂浜の向こうに、白いさざ波が立つ濃紺の海が広がっている。

「さむっ！」

「マジムリ、凍死する！」

叫びながらも、月愛と山名さんは波打《なみう》ち際《ぎわ》に近づいていく。

「ねぇちょっと冬すぎ〜〜〜！　こんな冷たくしなくてもよくない⁉」

「てかヒールヤバい、ムリだわ」

そして、抱き合うように身を寄せ合いながら、海を背景にギャルポーズで自撮りを始めた。

そんなことを言って、二人はきゃっきゃと笑っている。

「えっ、裸足《はだし》になったらもっと死ぬくない⁉」

「あたしも～！　脱ぐしか」


そんな二人を、俺とニッシーは砂浜の流木の上に座って見守る。

頬や耳を撫《な》でる潮風は、鋭利な刃物のように冷たい。

「……笑琉が他の男のことを想《おも》っててもいいんだ。隣にいられれば」

ふと、ニッシーがそんなことを話し出した。

「一緒にいたって、心まで傍《そば》に縛りつけておくことはできないし。人の心は自由だから」

ニッシーの視線が注がれているのは俺ではなく、波打ち際ではしゃぐ山名さんだ。

「目に見えないものまで欲しがり出したら、たとえ手に入ってたとしても、本当に自分のものなのかわからなくて、相手を疑ってしまって、苦しいだけだと思う。だから、俺は与えようと思うんだ」

俯《うつむ》いてつぶやいてから、ニッシーはようやく俺と目を合わせて。

「笑琉に、会うたび『好きだ』って言ってる。毎回流されるけど」

と、苦笑めいた微笑を浮かべた。

「でも別にいいんだ。それでも笑琉が一緒にいてくれるってことが、俺の欲しい答えだと思ってるから」

何も言えずに耳を傾ける俺の横で、ニッシーは自分に言い聞かせるようにつぶやく。

「……信じるしかないんだよな。信じて、与えることしか、俺にできることはない」

砂浜は、砂漠のようだ。夏に息づいていた大小さまざまの生命体は、今や影も形もない。

風か満ち潮が作った無機質な砂の模様を見ながら、俺はニッシーの話を聞いていた。

「恋人になったって、結婚したって……愛情って、結局はそういうもんだと思うんだよ」

「……語るなぁ、童貞のくせに」

隣のニッシーが、あまりにもデカい男に見えて。

旧友としては恥ずかしくなって、焦《あせ》りも感じて、つい茶化してしまった。

「うわ、ムカつくわ、その上から目線《ウエメセ》」

上からではまったくないのだが、ニッシーもやっぱり、俺のことをそう思っているみたいだ。まあ、これだけ会っていなかったら、知らない間に進展していると思って当然か。

そうこうしているうちに、波打ち際から月愛と山名さんが戻ってきた。

「さっっっむぅ！」

「んでどーすんのよ、これから」

「めっちゃ寒いよ〜〜あったまりたいっ！」

そんな二人と俺に向かって、ニッシーはニヤッと笑う。

「んじゃ、熱燗《あつかん》でも飲みに行くかぁ」

「えっ、あんた今日運転手でしょ⁉　飲酒運転じゃん」

「運転手はもう一人いんだろ」

山名さんに答えたニッシーが、俺の方を見る。

「カッシー、まだ十九だよな？」

「う、うん……」

「飲めねーよな！　帰り運転してくれよな！　決まりー！」

「ええっっ⁉」

そうして俺が承服せぬ間に、いつの間にか飲み会に突入することになってしまった。

俺たちが入ったのは、地元の人しか行かなそうなローカル感溢《あふ》れる居酒屋だった。店の前に「鮮魚」「地魚」の旗が立っていたので、新鮮な海産物目当てに入店した。

まだ十八時前だったので、他に客はいなかった。奥にある小上がりの座敷《ざしき》に座って、俺たちは思い思いの飲み物で乾杯した。

「カンパーイ！」

山名さんは梅酒、月愛は俺と同じコーラ、ニッシーは宣言通り熱燗をオーダーした。

黒瀬《くろせ》さんのときも思ったけど、同級生が当たり前のようにお酒を飲んでいる姿を見るのは、なんだか妙な感じがする。

「っていうか、ニッシーも飲むんだ」

「まー、やっぱ飲める年齢になったら、とりあえず飲んでみたいじゃん？　大学二年生あるあるだろ」

「確かに」

海野《うみの》先生といい、黒瀬さんといい、最近やたら同い年の人が飲んでいるのを見るのは、そういうことか。

「んでさ」

そこで、ニッシーが話題を変えるような口調で言った。お酒が回ってきたのか、少し赤い顔をしている。

「三年になったらさー、ゼミ始まるじゃん？　カッシーはもう決めた？」

「ああ、うん。般教で面白い講義してる教授がいるから、そこにした」

特に広がるエピソードもないので、俺は簡潔に答える。

「ニッシーは？　法学部ってどんな感じなの？」

「あーうん。俺は法科大学院《ロースクール》への進学考えてるから、そっちもやってる教授のゼミにした」

「えっ、ロースクールって……弁護士とか裁判官とかになるってこと？」

驚いて訊《き》き返すと、ニッシーは頷《うなず》いた。

「正直、うちの大学のローの実績だと、ストレートで司法試験受かるのは厳しそうだけどな」

自嘲気味に笑ってから、ニッシーはいつもの表情に戻る。

「でも、文系で医者に対抗できる職業つったら、弁護士くらいだろ！」

そんなニッシーを一瞥《いちべつ》して、山名さんは頬杖《ほおづえ》をついたまま口を開いた。

「……あたしは別に、医者の卵だからセンパイを好きになったわけじゃないって言ってんのに」

この様子だと、山名さんには前々から話していた将来の展望のようだ。

「でも、夢を持つのはいいことだよね。仁志名《にしな》くん、かっこいー！」

「ルナはどーなの？　最近、仕事。なんかいろいろあるって言ってたじゃん」

「あー……その話ね」

山名さんに水を向けられた月愛《るな》は、改まった様子で、ちらりと俺に目を配った。

「……実は、まだリュートにも言ってなかったんだけど。あたし、エリマネから『福岡店の店長にならないか』って誘われてて」

「えっ、ふ、福岡⁉　って、あの九州の⁉」

動揺して素っ頓狂な声を上げる俺に、月愛は硬い表情で頷く。

「そう。西日本エリアの旗艦《キカンテン》店だから、かなりジューヨーなポジションなんだけど、エリマネがどうしてもあたしを推したいって」

「………………」

もしかして、この前ワインバーで切り出そうとしていたのは、この話だったのか。

「今の福岡店の店長と副店長が、四月から異動することが決まってるの。ちょっと売り上げが落ちてたとか。だから思いきって違うエリアから若いスタッフを派遣して、新しい雰囲気にしたいって本部から希望が出てたみたいで。うちのエリマネがいろんな店長や副店長と飲んで適性《テキセー》を見て……その中で、あたしに行ってもらいたいんだって」

「めっちゃ期待されてんじゃん」

山名さんにからかうように褒められて、月愛は恥ずかしそうな、ちょっと自慢げな微笑を浮かべる。

「ふふっ。あたし、実はちょっとセーセキいーんだよね。関東でトップ5《ファイブ》に入ってるんだ」

「すげーじゃん。確かに、ルナが着てる服って、みんな良く見えるもんね」

「そんなことないよ。お客さん、ちゃんと試着してから買ってくれるもん」

「ルナ、口も上手《うま》いしね。気持ちよくなって買っちゃうよね」

「も〜、人をサギ師みたいに〜！」

月愛がふざけて頬を膨らませる。

「ははっ。あんたがほんとに心で思った言葉で人を褒めてんのは、見てればわかるよ。お客さんも、見え見えのお世辞に乗せられるほどバカじゃないし」

「ニコル……」

「……で、福岡行くの？」

山名さんに真面目に訊かれて、月愛も真剣な面持ちで俯く。

「んー、まだちゃんと返事はしてない」

「行きたくないってこと？」

「ん〜……」

顎を引いたまま、月愛は唸《うな》った。コーラのグラスを両手で持って、ストローの辺りをじっと見つめている。

「認められたのは嬉《うれ》しいよ。でも……」

「……そんな悩んでるヒマなくない？　四月からって……もうすぐじゃん」

「うん……」

そんな月愛の煮え切らない様子から何を感じ取ったのか、山名さんは急に明るい顔になった。

「まぁ、ルナならどこでもやってけるっしょ！　気軽に会えなくなるのは寂しくなるけど。電話はできるし」

そんな彼女に、月愛は眉根を寄せて笑いかける。

「やめてよー、なんか悲しくなっちゃうじゃん」

そして、無理矢理のように表情をリセットした。

「ニコルは？　もう四月から働くお店決まったの？」

「うん。めっちゃ地元のサロンで雇ってもらうことになった。また最寄りA駅だよ」

「そーなんだ！　わー、あたし一番のお客になりたい！　プロネイリストニコルの～！」

「え、わざわざ福岡から来んの？　向こうにもお店たくさんあるっしょ」

月愛は再び苦笑する。

「だから、福岡に行くとはまだ決めてないって！」

「行けばいいじゃん。永久にいるわけじゃないんでしょ？　ハタチで店長なんてすごくない？」

山名さんに言われて、月愛は真顔になって俯く。

「……そーだよね。それはありがたいと思うけど」

「あたしも遊びに行くからさ。あー、本場の博多《はかた》ラーメン食いてー！　水炊きもそうだっけ？」

「だから気が早いんだって、ニコルは〜！」

そんな二人の会話は、さっきから俺の耳をほとんど素通りしていた。

月愛が、福岡に行くだって？

「…………」

横からニッシーの視線を感じたが、彼の方を見ることができずに、俺は手元のグラスに視線を注いでいた。

そこからは、地元で取れた鮮度のいい刺身も、珍しい地魚も、何を食べても味がしなかった。

◇

帰り道、俺は仕方なく二年ぶりに車のハンドルを握ることになった。

「じゃールナ、助手席よろしく」

山名さんは、ニッシーと共に後部座席に乗り込む。

「えー、なんかドキドキするー」

月愛は助手席に座り、シートベルトを締めながら、ちらちらと隣の俺を見た。室内灯で照らされた頬が紅潮しているように見える。

「鍵これ。エンジンそこ」

ニッシーから軽く指示を受け、俺はエンジンをかけてアクセルを踏む。

運転の方は、思ったよりも身体《からだ》が覚えていた。車好きなのでわざわざマニュアルで免許を取ったから、オートマ車の操作を簡単に感じたこともあったかもしれない。

「……ど、どうしたの？」

しばらく運転していると、横からものすごい視線を感じて、思わず月愛を見てしまった。

「ううん」

月愛は、俺を見つめて首を振る。

「かっこいーなって思って」

「…………」

恥ずかしくなって何も答えられずにいると、月愛は嬉しそうに微笑《ほほえ》む。

「あたし、高校のときから、リュートとドライブするの楽しみにしてたんだ」

「……そうだったよね。ごめん」

二人でMEGAWEBに行ったときのことを思い出した。あの場所は、今はもうない。

それほど時が流れたということだ。

「ううん。あたしこそごめん」

月愛が申し訳なさそうに言う。

「この二年間、忙しすぎて、リュートとの時間、全然取れてなかったよね」

俺が返事に迷っていると、月愛は続けた。

「あたしはリュートといたい。やりがいのある仕事もしたい。そのために、どうすればいいかずっと考えてる」

ふと見ると、月愛は真っ直《ます》ぐ前方を見据えて、ひたむきな表情をしていた。

そんな彼女に、俺は告げた。

「……俺は、月愛の味方だから」

どんな決断をして、どんな道に進んでも……。

たとえ、それが二人に距離を作るような選択でも。

そうは思っていても、顔には寂しさが表れてしまっていたと思う。

「リュート」

月愛が眉根を寄せて俺を見つめる。

「あたしの気持ちはもう決まってるの。でも、きっと今より大変な道だと思うから……最後の決断ができてないだけ」

ちょっと俯《うつむ》いて、月愛は唇を震わせる。

「あたし、リュートを悲しませるようなことはしないから」

そう言って、再び顔を上げて俺を見る。

「心配しないで、見守ってて」

「……月愛《るな》……」

胸がいっぱいになって、俺は進行方向に視線を向けたまま頷《うなず》いた。

「うん。……応援してる」

複雑な気持ちでつぶやいた。

それだけで終わりにしようと、一瞬口をつぐんでから。

やっぱり伝えることにして、口を開いた。

「……でも、月愛のやりたいことの足枷《あしかせ》になってるのが、もし俺なら……俺のことは気にしないで、自分の人生の選択をしてほしい」

後ろの二人がやたら静かなのでバックミラーを確認すると、二人はそれぞれ窓の方に頭をもたせかけて寝ていた。お酒が入っているせいだろうか。

ちょっとほっとして、俺は小声で月愛に言った。

「ずっと大好きだから。……どんな月愛でも。どこにいても」

「リュート……」

月愛が声を震わせる。

ふと、先ほどのニッシーの言葉を思い出した。

──信じるしかないんだよな。信じて、与えることしか、俺にできることはない。

ああ、そうなのかもしれない。

人の気持ちって、欲しがったら必ず不満が出てくる。どんなに近しい間柄でも、他人が百パーセント自分の思い通りになることなんてないから。

だから。

もしも自分が言われたい言葉があるなら、それを相手に贈る。

そんなふうにするしかないんだろう。

それに気づいたニッシーは立派だ。

でも、ああ言えるようになるまでには、心の奥底でどれほど山名さんの気持ちを欲しがったことだろう。

それを思うと、胸がせつなくなった。

後ろの二人が起きる気配はないので、俺は高速に乗ってもSAをスルーして、まっすぐ帰路を辿《たど》った。

隣の月愛は言葉少なで、ときどき盗み見る横顔は、都心の夜景に照らされて白く輝いて。

なんだか少し。

知らない女の人のように見えた。

◇

「え、ウソ⁉　寝たフリしてたら、マジで寝ちゃったじゃん～ウケる」

月愛に住所を入れてもらった山名さんの家の前に停《と》めると、起こされた山名さんは驚きながら笑っていた。

「俺もだよ」

ニッシーも目を覚まして苦笑する。

やっぱり気を遣われていたのか。申し訳ない。

「今日楽しかったよ。運転サンキュー」

俺たちに礼を言って、山名さんは荷物をまとめて車を降りる。

鞄《かばん》の中をまさぐって、山名さんは取り出した袋を車内のニッシーへ渡す。

「あ、そうだ」

「はい、これ。バレンタインのお返し」

「えっ、マジ？　サンキュー！」

「とか言って、期待してたでしょ？」

「まあね」

山名さんにツッコまれて、ニッシーは照れ笑いする。

「今年は手作りにしたよ。センパイ受験中だし、就職先も決まって授業もなくて、死ぬほどヒマだったから」

「マジ⁉　めっちゃ嬉《うれ》しー」

「ちな、原価はセンパイのバレチョコの三分の一です」

すげなく言う山名さんに、ニッシーは曇りのない笑顔を見せる。

「別にいいよ。それでもすげー嬉しい。大事に食べる」

「………………」

そのときの山名さんの表情を見て、俺はあれっと思った。

山名さんは眉間に皺《しわ》を寄せ、ちょっと困ったような、悲しそうな顔をしていた。

「………………」

なんだろう、この顔は。

ただの男友達に見せる顔ではない気がする。

でも、山名さんは関家《せきや》さんの彼女で。

異性として好きなのは彼だけのはずで。

「………………」

ただ一つ言えるのは。

男女の関係って、もしかしたら「恋人」以外にもいろんな形が存在するのかもしれない。

「恋人にはなれないけど大切な友人」とか「恋人になりたかったけど、なれなかったから友人」とか「恋人になるかもしれないけど、今はまだ友人」とか。

そして、そういう異性の「友達関係」について、そこまで潔癖になる必要もないのかもしれない。

どんな関係だって、友人は友人なのだから。

過去に黒瀬《くろせ》さんと友達をやめるしかなかった俺が、そんなことを考えるようになる日が来るなんて。

俺は少し大人になったのだろうか？　それとも、少し汚れてしまっただけなのだろうか？

でも、黒瀬さんとバイト先で交流するようになって、「友達を紹介して」と迫られなかったら、俺は今日、ニッシーとこうして楽しい時間を過ごすことはなかった。塾バイトで心身共に疲弊して、一日の終わりに自室で天井を眺めながら、高校の頃はよかったな、なんて思っていたかもしれない。

黒瀬さんに感謝したい。

そして、彼女と俺も……「友達」として、俺たち二人だけの、新たな関係を築いていけたらいい。

山名さんがたとえ関家さんの彼女でも、山名さんとニッシーには「友達」として築いてきた、二人だけの三年半の関係がある。

それを否定する権利は、誰にもない。

俺にも、関家さんにだって。


次に俺が向かったのは、月愛の自宅だ。

「……俺も、月愛にこれ」

家の前に着いてシートベルトを外した月愛に、俺は足元に置いていた鞄から袋を取り出した。

「えっ、ありがとう！　ホワイトデー？」

月愛は瞳を輝かせる。

「うん。最近買いに行ったって知らなくて、シャンドフルールにしちゃった。ごめん」

「え全然いーよ！　めっちゃ好きだから。もらえて嬉しー！」

早速袋の中身をのぞいて、嬉しそうな顔をする。

「あ、これあたし行ったとき売り切れてて買えなかったやつだ！　めっちゃ上がるー！」

月愛は人を嬉しくさせる天才だ。

こんな素敵な女の子には二度と会えないと思う。

大切にしよう。

会えなくなっても、俺は月愛だけを想《おも》い続ける。

そんな決意を胸に、月愛を見送ってから。

◇

最後に、ニッシーを車ごと家まで送り届けて一人電車で帰るハメになり、ハタチを目前にして、また少し酒が嫌いになってしまった俺だった。

月愛が遠くへ行ってしまうかもしれない。

今だってそんなにしょっちゅう会えているわけではないけど、何かあったときには最悪徒歩でも駆けつけられる距離にいるのと、飛行機でも数時間かかる場所にいるのとでは、気の持ちようが違う。

寂しい。

けど、今は月愛のあの言葉を信じるしかない。

——あたし、リュートを悲しませるようなことはしないから。

今は待つしかない。

彼女が何かを決断して、それを俺に打ち明けてくれる日を。

そうして、毎日を無心で過ごしていたときのことだった。

「加島《かしま》くん、このあと予定ある？」

ある日、編集部バイトの退勤時間近くに、編集者の藤並《ふじなみ》さんから話しかけられた。

「これから神楽坂《かぐらざか》のフレンチレストランでカモノハシ先生と打ち合わせするんだけど、同席するはずだった編集長が来られなくなっちゃったから、代わりにどうかな？」

「えっ、カモノハシ先生って、あのカモノハシ先生ですか⁉」

カモノハシ先生とは、かつて人気少年誌で国民的ヒット作を描いていた超有名漫画家だ。俺が物心ついた頃から完結済みの名作扱いだったので、だいぶ昔の作品になるが、その評判は今も色褪《いろあ》せない。今クラマガでは連載を持っていないはずだが、これから何か始めるのだろうか。

「そうそう、君が知ってるカモノハシ先生だよ」

編集者は、どんな売れっ子のことでも、基本的に担当作家を「先生」とは呼ばない。それでも、カモノハシ先生クラスになると、ちゃんと「先生」呼びになるのかと感心した。

「大丈夫ですけど……俺でいいんですか？」

「うん。予約の取りづらい店だし、もったいないから若い子でも呼んだらって、カモノハシ先生が言ってくれたから」

「黒瀬さんじゃなくて……？」

「いやぁ、女の子は気遣っちゃうよ。彼氏と予定あるかもしれないし」

俺だって彼女と予定あるかもしれないじゃないですか！　と思ったけど、実際ないので悲しくて言えなかった。

「カモノハシ先生、ちょっと大御所すぎるというか、今の漫画家さんにはいない感じの人だからね。男の子のがいいかなと思って」

真面目な顔になって言った藤並さんの言葉の意味は、カモノハシ先生本人に会ったらなんとなくわかった。

「なんだ、男か～」

レストランの席に現れたカモノハシ先生は、藤並さんの隣に座る俺を見て、露骨にがっかりした顔をした。

「す、すいません……」

立ち上がって恐縮する俺を見て、カモノハシ先生は愉快そうに笑う。

「いや、知ってたよ。さっき藤並くんからメールもらってたから。新しく入ったバイトの子でしょ」

カモノハシ先生は、五、六十代に見える大柄な男性だった。美味《おい》しいものを食べ過ぎているのか、そのお腹《なか》は昔のイッチーのようにせり出している。着ているものは仕立ての良さそうなジャケットで、お風呂上《ふろあ》がりみたいなさっぱりした顔をしており、不潔な印象はなかった。

「何、編集者になりたいの？」

挨拶して着席した俺に、隣に座ったカモノハシ先生が聞いてくる。

丸テーブルなので、三人で均等に座ると全員が隣同士になる。

「いえ、まだそこまでは……」

黒瀬さんに誘われただけなので曖昧に答えると、カモノハシ先生は大げさに手を振る。

「だったらやめた方がいいよ！　こんな時代に出版社なんて泥舟乗ったたって、小銭稼ぐために若いうちから小さくまとまっちゃうだけだよ。藤並くんみたいにさぁ」

言われた藤並さんは、アハハと朗らかに笑っている。なんとなくだけど、カモノハシ先生の毒には愛がある気がして、初対面の俺もイヤな気分にはならなかった。

打ち合わせと聞いていたけど、カモノハシ先生は具体的な仕事の話はせず、自身のヒット作が旬だった頃の自慢まじりの思い出話や、昨今の漫画市場の動向への愚痴、今売れてる作品のあれはいい、これはダメといった話、さらには自身の身体《からだ》の衰えについての自虐などを、延々と語り続けた。

カモノハシ先生は話が面白く、それを邪魔しない藤並さんの相槌《あいづち》もいい感じで、俺は二人のやりとりをラジオのように聴きながら、めったに食べられない名店のフルコースを堪《たん》能《のう》した。特に、細かく泡立ったソースがかかった魚のムニエルが絶品だった。

予約が取りにくいフレンチレストランと藤並さんから聞いたが、確かに店内は満席に近く、誰も座っていないテーブルにも予約札が置いてある。四人用の丸テーブルが四つと、壁際《かべぎわ》二面にテーブル席が並んだ店内は、貸切《かしきり》でも五十人くらいしか入らないだろう。天井にあるシャンデリアや、臙脂《えんじ》色の絨毯《じゅうたん》の雰囲気を見ても、こだわりの高級レストランという感じだ。

だいぶ食事が進み、心地よい満腹感を覚えながらメインの黒毛和牛フィレを食べていたときのことだった。

店のドアが開き、新たな客が店員にエスコートされながら入ってきた。空いていた壁際のテーブル席に座る、その男女二人連れを何気なく見て。

「………」

何か引っかかりを覚えて、その女性を二度見してしまった。

そして、目が釘付《くぎづ》けになった。

それは、谷北さんだった。

二年見ないうちに、谷北さんは少し雰囲気が変わっていた。以前はファッショナブルな個性派ギャルというイメージだったが、あの頃よりも服装や髪型が女の子っぽくなっている気がする。

でも、その顔は間違いなく谷北さんだ。

一緒にいる男の方は、三、四十代にはなりそうな落ち着きのある大人だ。こちらに背を向けているから顔はよく見えないけど、皺《しわ》一つないスーツの背中には高級感のある光沢が現れている。

彼氏だろうか？

別にそれでもおかしくはないけど、それにしてはなんとなく雰囲気がよそよそしい。

「ありがとうございます」

飲み物のメニューを渡されて、谷北さんはそう言っていた。

上司か？

でも、谷北さんは二年制の服飾専門学校に進学したから、まだ学生のはずだ。

「あははっ！　それはおめーよぉ、カネだよ、カネ！」

そのとき、なんの話かわからないけど、カモノハシ先生が一際《ひときわ》大きな笑い声を上げた。

赤ワインがだいぶ進んで、ご機嫌な様子だ。

その声につられて、谷北さんが一瞬こちらを見た。

まずい、と本能的に思って目を逸《そ》らした。

だが、しばらくして視線を戻すと……谷北さんは凍りついたような表情で俺を見ていた。

「どうしたの、アヤカちゃん？」

谷北さんの向かいにいる男が、谷北さんに声をかける。

アヤカ？　なら人違いか？

「あ、なんでもないです……この食前酒おいしー」

けれども、棒読みでそう言う声も、間違いなく谷北さんのものだった。

◇

カモノハシ先生との打ち合わせという名の会食は、きっちり二時間で終わった。

「じゃ、今日はもう帰るわ。最近もう夜がダメでよぉ。いろんな意味でな、ギャハハ」

そう言うと、カモノハシ先生は店の目の前に停《と》まっていたタクシーに乗って帰っていった。

「……打ち合わせ、あれでよかったんですか？」

俺が尋ねると、藤並さんはちょっと苦笑めいた笑みを浮かべる。

「先生ね、もう漫画描く気ないんだよ。それでも、こうして時々お会いしてたら、何かの気まぐれでちょっと描いてみてもいいかなと思ったとき、うちに声かけてくれるかもしれないでしょ」

「……そういう仕事もあるんですね、編集者って」

「まあね。結局、人と人との関係でできてる業界だからね。どんな仕事でもそうだろうけど」

駅の方に向かって歩き出しながら、俺たちは話を続けた。

「加島くんは、編集者になりたいわけじゃないんだ？」

「……いえ、あの、ほんとに黒瀬《くろせ》さんに泣きつかれて、ヘルプというか……そういうことも考えないうちに来てしまって」

「……向いてると思うよ。君みたいな子」

しどろもどろになる俺に、藤並さんは穏やかな笑顔を向ける。

「作家さんって、性格はそれぞれ違って見えても、みんな根は繊細で、傷つきやすい人たちだから。ストイックだったり、気難しい人もいるけど、丁寧にコミュニケーションさえ取れば、どうにもならない人っていうのは、珍しいかな」

「……そうなんですか」

「物語と一緒だよね。人を読み解くんだよ。その人の作品や考え方、人柄から、今までの人生を想像する。その作家性を理解する。そうして初めて、その人に描けそうなもの、本人も気づいてないけど描きたいと思うだろうものが提案できる」

「……深い仕事ですね」

「まぁ、俺もまだ全然、その域に達してないんだけどね」

真面目に語ってしまった照れ隠しのように、藤並さんはおどけた表情を作る。

「っていうかさ、加島くんって、黒瀬さんとどういう関係なの？　まさか付き合ってる？」

「いえ、違います！」

誤解されたくない思いが先んじて、思わず声が大きくなってしまった。

「黒瀬さんの双子の姉が、俺の彼女で」

俺の説明に、藤並さんが納得した顔になる。

「あっ、そうなんだ、へえー。いいなぁ……双子だったらお姉さんも美人なんだろうなぁ。

そんな彼女欲しいなぁ」

「……黒瀬さん、彼氏募集中ですよ？」

焚《た》きつけるように言った俺に、藤並《ふじなみ》さんは焦《あせ》ったような顔をする。

「えっ、それどういう意味？」

「俺に『いい人紹介しろ』って、毎日うるさいんです。だから、早く彼氏作ってほしくて」

藤並さんも、誠実で浮気《うわき》などはしなそうな人だ。俺にはもう個人的なツテがないので、黒瀬さんには手近なところで調達してもらうしかない。

藤並さんは「そっかぁ……でも、学生バイトに手を出すのはなぁ……」とぶつぶつ言っていたが、まんざらでもなさそうな様子だ。

「じゃ、ちょっと仕事残ってるから編集部戻るよ。お疲れさま」

駅まで来ると、藤並さんはそう言って駅を通り越して歩いていった。

「ごちそうさまでした」

一人になった俺が、改めて改札に向かおうとしたとき。

「加島《かしま》くん！」

後ろから声をかけられ、振り返ると。

そこにいたのは谷北さんだった。

「えっ、食事中だったんじゃ……」

「大事な電話がきたって抜けてきた。そんなことはいいから」

谷北さんは怖い顔をしている。こうして見ると、彼女の雰囲気は高校の頃のままだ。

「さっき見たこと、ルナちやマリめろに言うつもり？」

「……谷北さんがイヤなら、今日会ったことは誰にも言わないけど」

どういうことだろう……と思いながら、俺は慎重に答える。

「言っとくけど、わたし『オトナ』はしてないからね」

「オ、オトナ……？」

「食事だけで、五千円から二万円くらいもらえるの。食事代の他に」

彼女が何を言っているかまったくわからない。

「……そ、そういう仕事してるの？　スタイリストじゃなくて？」

バイトか何かかなと思って尋ねると、谷北さんの眉根がぐっと寄る。

「何言ってるの？　いきなりスタイリストで食べていけるわけないじゃん」

あの頃のままの勢いで、俺をにらんでまくしたてる。

「夢と現実は違うんだよ。加島くんみたいなハイスペ男子にはわからないだろうけど」

言いたいことだけ言って、谷北さんは俺に背を向けた。

「じゃ、そういうわけだから」

そして、坂道の方へ向かって戻っていった。

「……な、なんなんだ……」

理不尽な思いに囚《とら》われ、俺はしばらく駅の前で呆然《ぼうぜん》と立ち尽くしてしまった。

帰りの電車で「オトナ」を調べたら、次のように出てきた。

肉体関係ありのパパ活のこと
「パパ活……」

思わず、口の中でつぶやいてしまった。

ウソだろ？　あの谷北さんが？

高二のとき、月愛《るな》にパパ活の嫌疑をかけて、俺に相談してきたときの彼女を思い出す。

──キャバとかの貢《みつ》がせ系にはギャルが多いイメージだけど、キャバもパパ活も、うちはやろうと思わないし。

あんなふうに言っていたのに。


この二年間で、彼女に一体何があったのだろうか。

◇

そんなとき、久慈林《くじばやし》くんから食事の誘いを受けた。

「加島殿。よくぞおいでくださった」

俺に五限の講義がある日、大学近くのイタリアンファミレスで俺たちは落ち合った。

「久慈林くんから声かけてくれるなんて珍しいね」

俺たちが昼の学食以外で会うときは、大体俺から彼を誘うときだ。

「いや、まあ、あの……」

テーブル席で向かいに座った俺を見て、久慈林くんは歯切れの悪い声を出す。

「……先般の小生の振る舞いについては、かたじけなかった」

「え？」

もしかして、黒瀬さんに二時間森鷗外《もりおうがい》の話をしたことか。まだ気にしていたなんて、律《りち》儀《ぎ》な人だ。

「いいよ。黒瀬さんも、もう気にしてないと思うし」

「……………」

冗談っぽく言ったのに、久慈林くんはすっきりしない顔をしている。

食事が来てからも、彼は口が重かった。

「……本当に、申し訳なかった」

熱々のミラノ風ドリアが目の前にあるのに、久慈林くんはスプーンを持とうとしない。

「いや、だからいいって」

ここまで言われると、こちらも逆に申し訳なくなってくる。

「むしろ、こっちこそごめん。久慈林くんが女の子の紹介とか興味ないのはわかってたんだけど。来てくれてありがとうだよ。ほんとに気にしないで」

俺もチキンのディアボラ風を食べたいのだが、一人で食事を開始するわけにもいかない。

「……い」

「え？」

彼が何か言ったが、聞き取れなかったので訊《き》き返す。

「……興味がないわけでは……なかった」

久慈林くんは、もじもじしながら俯《うつむ》いてつぶやく。

「ただ、もういささか普通の女子《おなご》であろうと思っていたから……」

「え？　黒瀬さん、そんなに変だった？」

まあちょっと変なところはある気もするけど、初対面の人にわかるほどじゃないと思うんだけど。

「……そうじゃなくて……可愛《かわい》すぎた」

文語調も忘れて、久慈林くんがぽつりとつぶやいた。伏し目がちな顔の、頰の辺りが染まっている。

「面相を拝した刹那、正気を失してしまった。なんとかして己の優秀さを誇示しなければ、優位性を保てぬと思った。そうしなければ、彼女の目の前に座っていることさえ敵《かな》わなかった……」

「……ゆ、優位性って何……？　対等でいいのでは」

久慈林くんの圧に押されがちになりながらも言うと、彼は頑《かたく》なに首を振る。

「欲《ほっ》する雌の前では、優秀な個体であることを示したいと思うのが、動物界の雄の摂理であろう」

「……そ、そう、か……」

遠回りではあったものの、だんだん、久慈林くんが俺に今日何を言いたくて呼んだのかわかってきた気がする。

久慈林くんは、いつもリア充をバカにして自虐ばかり言っているが、本当に男女交際に興味がないわけではなかった。だから、俺からの紹介に乗ってくれた。

だが、現れた黒瀬《くろせ》さんがあまりに美少女で、タイプすぎたのでテンパってしまい、なんとか自分なりにアピールしようと奮闘した結果が「二時間森鷗外」だったのか。

そのことを、弁解したかったのか。

おそらく、久慈林くん自身も「失敗した」と思ったのだろう。目の前で彼女のテンションがみるみる下がっていくのに気づかないほど、他人の気持ちに鈍感ではない。だが、経験不足ゆえ途中で軌道修正できず、そのまま完走してしまったと。

自己嫌悪《けんお》もあっただろうし、しばらくは頑なな態度を取ってしまったが、ようやく素直になれたということか。

「黒瀬某女史に伝えていただきたい。その節は失礼仕《つかまつ》ったと……。そして、小生の名は久慈林晴空《はるく》であると」

「う、うん……わかった。伝えとく」

せしづらい。

黒瀬さんの中で久慈林くんはもう終了したことになっているとは、今この場ではお知ら

「ちなみに、彼女の名はなんと？」

「黒瀬海愛だよ。海を愛する、と書いて『まりあ』」

「ふむ。伴天連《バテレン》の聖母の名か」

伴天連……キリスト教のことか。久慈林くんとの会話は時々頭を使う。

「そうそう。俺の彼女と双子だから、名前も対になってて」

「して、貴君の彼女の名は？」

「月を愛する、で月愛《るな》……っていうんだ」

すると、久慈林くんは感心したように眉を上げた。

「ほう。『月』と『龍』か。またとない組み合わせだ。……あまりに奇跡じみている」

「え？」

久慈林くんが感じ入った様子なので、俺はぽかんとする。

月と龍、というのは、月愛と俺の名前の漢字のことだろうけど。

「どちらも『おぼろげなるもの』を表す。月はぼんやりと光っていて輪郭が見えぬ。龍は架空の生き物で正体がわからぬ。ゆえに、二つの漢字を組み合わせて『朧《おぼろ》』と書く」

そうだったのか。文学部の学生として恥ずかしいが、知らなかった。

「……そ、それって、いいってこと？　悪いってこと？」

焦《あせ》って尋ねる俺に、久慈林くんは鷹揚《おうよう》に首を振る。

「良《よ》し悪《あ》しは小生の知るところではないが、少なくとも小生は心を動かされた」

そう言って、俺をつと見つめた。

「貴君らの名前には、番《つがい》として運命めいたものを感じる」

「…………」

俺たちの恋は、決して運命的なものではなかった。

あの日、月愛が俺にシャーペンを借りなかったら。俺がイッチー、ニッシーよりテストの点が悪ければ……。

何かのピースが一つでも欠けていたら、俺と月愛は今でも遠く隔たった他人のままだっただろう。

でも、もしも。

この世に生を享《う》けたときに、たった一度だけもらえる贈り物が、俺たちの絆《きずな》の伏線になっていたのだとしたら。

どんな人生を送っても、俺が最後にたどり着くゴールは月愛だったのかもしれない。

「………」

そう思えば、福岡くらいなんだという気持ちになってくる。

どんな遠距離も、俺たちを引き離すことはできないだろう。

俺たちには、運命が味方しているのだから。

「……ありがとう、久慈林くん」

勇気をくれた友を、感謝の気持ちを込めて見つめる。

「黒瀬さんに、伝えておくよ。さっき言ってたこと……」

そのとき、スマホが震えて見ると、ちょうど黒瀬さんから連絡が来ていた。

今バイト中なんだけど、藤並《ふじなみ》さんが終わったあとご飯おごってくれるって
加島《かしま》くんも来る？

「………」

そうか、藤並さん、動いたか……。

自分がけしかけた手前、邪魔するわけにもいかない。

今日は友達と約束があるから
藤並さんによろしく

黒瀬さんが藤並さんと上手《うま》くいったら、久慈林くんに挽回《ばんかい》のチャンスは巡ってこない。

「………」

「……如何《いかが》した？　加島殿」

何も知らずにすっきりした顔になっている久慈林くんに、俺は心の中で「ごめん」と謝った。

そして、もう冷め始めてしまったチキンにナイフを入れた。

◇

翌日、バイト先へ行った俺は、タイミングを見計らって黒瀬さんに話しかけた。

「昨日どうだった？」

「え？」

黒瀬さんは一瞬きょとんとしてから「ああ」と答える。

「ご飯美味《おい》しかったよ。加島くんも来れたらよかったのにね」

「そうだね……」

だが、俺が訊きたかったのはそういうことではない。

「藤並さんと、なんの話したの？」

「ん、普通に仕事の話とか。あ、恋バナもちょっと聞いちゃった」

「えっ、そ、そうなの!?」

ドキッとする俺に、黒瀬さんはあまり気のない顔で話す。

「藤並さん、何年も彼女いないんだって。『仲良い女友達ができても、いつもいい人止まりなんだよねー』って言うから、『なんかわかります』って答えたら、ちょっとヘコんじゃって。そんなに深刻な悩みだったのかしら？」

「……そ、そっか……」

この様子だと、黒瀬さんは藤並さんを異性として意識していないようだ。

久慈林《くじばやし》くんには朗報かもしれない。

「……あのさ。前に紹介した俺の友達……久慈林くん、覚えてる？」

「ああ、森鷗外《もりおうがい》の人ね。それがなに？」

「……名前、紹介し忘れたって。『久慈林晴空』っていうんだ。晴れた空で晴空」

「ふーん、そう」

だが、黒瀬さんの返事はつれない。

「そのことはもういいから、次の人まだ？」

「……ご、ごめん。ちょっと俺の人徳不足で……」

もういろいろダメだから話題を変えようと思って、ふと谷北さんのことを思い出した。

「……そういえば、黒瀬さんって、卒業してから谷北さんと会ってる？」

「朱璃《あかり》ちゃん？　うん。よく遊んでたよ。多いときは週一以上会ってた」

黒瀬さんが、やっといつもの表情に戻る。

「でも、二学期に入ってから会ってないなぁ。就活で忙しくなるって言ってたから、悪いかなと思って誘ってないんだ。向こうからも音沙汰ないし。そろそろ連絡してみようかな」

「……そうなんだ」

「でも、なんで？」

尋ねられて、俺は咄嗟《とっさ》に慌てる。

「い、いや。元気にしてるかなーと気になって」

「そうなの？　意外」

黒瀬さんは目を大きくして首を傾《かし》げる。

「加島くんって、朱璃ちゃんみたいなタイプ苦手かと思ってた」

「えっ」

「わたしも、最初はちょっと圧倒されてたんだけど……」

苦笑いして、黒瀬さんは視線を下げる。

「朱璃ちゃん、ああ見えて、けっこう打たれ弱いところあるから。そこが人間らしくて、なんか好きなんだよね」

「…………」

そうなのか。

黒瀬さんに図星を指されてしまった通り、俺は正直ちょっと苦手なタイプだったので、意外な気がした。

それから、その日は何をしていても谷北さんのことが心に引っかかっていた。

──夢と現実は違うんだよ。加島くんみたいなハイスペ男子にはわからないだろうけど。

彼女にぶつけられた言葉が、鉛の弾丸のように胸の奥に埋め込まれている。

高校時代、ヒエラルキーの上方にいたのは、どう考えても俺より谷北さんだった。

今だって、それが逆転したとは思えないのに。

彼女はなぜ、そう思うようになったのだろう。

そして、どうしてパパ活なんて。

「…………」

俺はLINEを開いて、友達リストを探した。

そして「サバゲー会」というグループから「A.T」というアカウントを選んで、トークを送信した。

◇

「……なんなのよ。こんなところに呼び出して」

翌日の昼間、ファミレスで目の前に座った谷北さんは、仏頂面《ぶっちょうづら》をしていた。

「……い、いや、あの。この前、俺が見たことは……なんだったのかなと思って」

「だから言ってるでしょ。ただの茶メシよ。オトナはしてないから」

両腕を組んで、谷北さんはふてぶてしい態度で答える。

「あの日もらったのは一万円。店を出たあと駅で解散。はい、これでもういい？」

「それって……」

意を決して、俺は言った。

「パ、パパ活……ってこと……だよね？」

谷北さんは一瞬息を呑《の》んだものの、俺を見据えてぎこちなく口を開く。

「……そうだけど」

「なんで？」

高校のときを思い出して、俺は急《せ》き込むように尋ねた。

「なんで、そんなこと……」

「お金が欲しいから。それ以外に、そんなことする理由なんてある？」

「だからって……」

「生きてたら、みんな必要でしょ、お金なんて」

ため息と共に言葉を吐き出し、谷北さんは腕組みを解く。

「……わたしだってね、最初は普通にカフェとかで働いてたんだよ。でも、せっかくの若い時間を切り売りして一時間働いたって、フラペチーノ一杯飲んで、コンビニでガム買ったらもうおしまい。若い女の子が東京でオシャレに暮らしたいと思ったら、お金がかかりすぎるんだよ。憧れのブランドバッグなんて夢のまた夢。学校の課題も多くて、シフトもそんなに入れないし」

「でも、卒業してちゃんとしたスタイリストになったら……」

俺の言葉に、谷北さんは傷ついたように視線を逸《そ》らす。

「そうね。そういう望みがあれば、今でも真面目に頑張れてたのかも」

ふと目を上げて、谷北さんは店内を見渡した。

平日昼過ぎのファミレスは、遅いランチを食べる人や、お茶をする人でにぎわっている。

谷北さんの希望で渋谷にしたけど、このあとまた「パパ」と約束でもあるのかなと思った。

「一年のとき、卒業生の先輩のツテで、スタイリストのアシスタントをしてたこともあったの。エグいよ。リースした服何十枚もに全部シワひとつなくアイロンかけて、現場では朝から晩まで走りっぱなし、怒鳴られっぱなし。終わったあとは全部の服を返しに行って……普通に徹夜。三日間シャワーも浴びれなかった。オシャレの仕事なのに、全然オシャレじゃないの。バイト代はカフェより安いし。マジ人権ないから」

そう言うと、谷北さんは自分の着ている服を見る。高校の頃より女の子らしくなった服装は、少し黒瀬《くろせ》さんのテイストに近いような気がした。

「この服も、このバッグも……オバサンになったら似合わない。わたしの若さは今だけなの。そんな貴重な時期に、仕事で使い捨てにされてボロボロになって、可愛《かわい》い格好もできないなんて……耐えられない」

「でも、谷北さんは、そういうスタイリストの仕事に憧れてたんじゃなかったの？」

「現実を知らなかったからね。知ってたら憧れなかった」

　自嘲気味に笑って、谷北さんは再び俺から目を逸らした。

「わたしが憧れてた世界は、全然憧れとは違ってた。自分がなんのために頑張ってるのかわからなくなっちゃった。そんなとき……クラスメイトからラウンジ嬢に誘われたの」

「ラ、ラウンジ？　……って何？」

「高級なキャバクラって感じなのかな。わたしもよくわかんないけど。キャバよりレベル高い子が多いみたい」

　谷北さんは首を傾げて、手短に答えた。

「その子は、いつもキラキラしたオシャレな服を着てて。わたしが欲しかったブランドバッグをいくつも持ってた。『アカリちゃんならこれくらい簡単に稼げるよ』って言ってくれたけど、いきなりガチの水商売はちょっと怖くて……。ためらってたら『お客さんで茶メシパパ活《PJ》嬢探してる人がいるから、よかったら会ってみない？』って言われて、そこから始めた」

「……ああ、その気持ちは、なんとなくわかるかも」

「は？」

唐突に共感を示した俺を、谷北さんは眉根を寄せて見つめる。

「俺はバイトで塾講師やってるんだけど、いきなり集団授業やる自信はなくて、生徒と一対一の個別指導塾にしたから」

すると、谷北さんの顔つきがやわらかくなった。

「……そっか。じゃあ、それと一緒かもね」

目を伏せて、肩の力が抜けたように、ふっと笑う。

「加島《かしま》くんって、普通そうに見えて、ちょっと変だよね。高校のときから思ってたけど」

谷北さんに言われて、そんなに変なことを言ったつもりもなかった俺は戸惑う。

「そ、そう？」

「まぁ、ほんとにただの地味メンだったら、ルナちなんかと付き合えないか。今じゃ法応ボーイだもんね。ルナちの見る目すごいな」

自己完結のようにつぶやいて、谷北さんは俯《うつむ》いて微笑《ほほえ》む。

「ルナちが羨ましい。……わたしにも、そういう彼氏がいたら、もっと自分を大切にできたかもしれないのに」

「……推し活は？　ほら、K－POPの……」

俺が訊《き》くと、谷北さんは硬い表情で口を開く。

「全員兵役で活動休止中。他に興味あるグループもないし、忙しくて発掘もできてない」

「……兵役……」

日本人にとっては強烈なワードに、ただ言葉を失うしかない。

結局、それからは世間話程度の話しかできず、俺と谷北さんは目の前の飲み物を飲み干すと、レジへ向かった。

「あ、そっか」

会計をする段階になって、谷北さんはハッとしたように鞄《かばん》を探った。そのショルダーバッグには、俺でも知っている高級ブランドのロゴがプリントされている。

「……男の人と会って、自分でお財布出すの久々だな」

取り出した同じブランドの財布を見つめて、谷北さんは感慨深げにつぶやいた。

「あっ、ごめん」

呼び出したのは俺なのだから、ドリンクバー代くらい奢《おご》るべきだったかと焦《あせ》っていると、谷北さんは「ううん」と首を振った。

「友達だから払わせて。ルナちに申し訳ない」

初めよりだいぶ優しくなった顔つきで、谷北さんは微笑んだ。

「楽しかったね、高校のとき。みんなでいろんなことして遊んでさ」

会計が終わると、店のドアを開けながら谷北さんはそう言った。

「……イッチーのことは、もういいの？」

思いきって尋ねてみると、谷北さんは黙って首を振る。

「……超絶タイプだもん。今でも好きに決まってるじゃん」

「それなら……」

「今でもネトストは続けてるし」

さらっと恐怖なことを言って、谷北さんは唇を噛《か》む。ネトスト＝ネットストーカー。つまりネットで得られる個人情報は追っているということか。

「でも、もう会えないよ……こんなわたしじゃ」

渋谷の通りを歩けば、制服を着た女子高生三人組が、スマホを見てゲラゲラ笑いながらすれ違っていく。

「戻りたいな……高校の頃に」

その後ろ姿を目で追いながら、谷北さんは目を細めてつぶやいた。

「綺麗《きれい》な服を着てなくても、ブランドバッグを持ってなくても……わたしは、あの頃の『アカリ』が好きだった」

そう言う声は、少し生暖かい空気が漂う三月の曇り空に吸い込まれていった。

第四章

そんなとき、俺の元に衝撃的な知らせが舞い込んできた。

関家《せきや》柊吾《しゅうご》
医大、一個合格した
北海道の

「ほ、北海道ぉ……っ⁉」

◇

「うわぁぁあん」

電話口から、山名さんの泣きわめく声が聞こえてくる。

「……ありがとね、リュート。明日《あした》バイト休み取ってくれて」

通話相手である月愛《るな》が、気遣わしげに俺に言う。

「大丈夫。もともと生徒一人だけだったし、他の曜日に振替えてもらえたから」

もう深夜の時間帯だ。今、山名さんが月愛の部屋にいるということは、今夜は泊まっていくのだろう。

「だけど、いいの？　出発前の貴重なデートを二人きりにしてあげなくて……」

「うん……ニコル、今こんな感じだし。あたしに傍《そば》にいて欲しいって言うから……」

先ほど月愛から連絡が来て、急遽《きゅうきょ》明日、ダブルデートをすることになった。関家さんが北海道へ発《た》つ前に、四人で思い出を作ろうという話になったらしい。

三月下旬になって、あまりにも突然の知らせだった。

本当なら朗報なのかもしれないが、山名さんにとっては……。

――あたしは別に、医者の卵だからセンパイを好きになったわけじゃないって言ってんのに。

――そっかぁー……センパイ、やっと受験終わるんだ。

山名さん的にはきっと、医大でなくてもよかったんだ。それよりも、関家さんの受験が終わって、今より一緒にいられる時間が増えることを望んでいた。

それなのに……まさか、北海道だなんて。

俺自身にしたって。

――あたし、エリマネから『福岡店の店長にならないか』って誘われてて。

月愛の進退が気になって仕方ないでいる。

今の山名さんの心情は、もしかしたら明日の俺の心模様かもしれない。

そう思うと、平静な気持ちではいられなかった。

◇

そんな中で、翌日俺たち四人が行ったのは、国内最大級のテーマパーク、東京マジカルリゾートだった。今回は、マジカルランドの隣に併設されたマジカルシーという、海をモチーフにしたパークへの入園だ。

「きゃー、久しぶりー！」

ゲートを通って園内に入ると、月愛が小走りになって両手を広げた。

「最後いつだっけ？　卒業のときに制服でインパしたよね」

「そーだよね！　アカリと海愛と四人で～！　あれ以来だよ」

「あたしもー」

月愛と言い合う山名さんは、関家さんの腕にべったりとしがみついている。

山名さんとはこの前会ったばかりで、そのときはニッシーが一緒だったので、なんだかニッシーに申し訳ないような、浮気《うわき》の共犯をしているような、妙なドキドキ感がある。山名さんの彼氏は関家さんなのだから、別に何もやましいことはないのだけれど。ちょっとカップルにも見えてしまうくらい、山名さんとニッシーが仲良さげだったせいかもしれない。

東京マジカルリゾートは、ネコのキャラクターが主役の、世界的なテーマパークだ。早速ネコ耳のカチューシャを買って、全員で身につける。

「え、ルナめっかわなんだけど！」

「ニコルもちょー似合ってるよ⁉」

「とりま、二人で自撮りインスタ上げよ」

「だねー！　このバージョンのカチューシャちょー可愛《かわい》い♡」

女子二人はキャピキャピしている。二人の方の耳にはリボンがついていて女の子らしい。

俺は陰キャだし、関家さんのようにイケメンでもないので、生まれて初めてこんなものを頭につけてしまって気が引ける。

——ふふ、リュートも似合ってるよ♡

俺を見て嬉《うれ》しそうにそう言ってくれた月愛が可愛かったから、こんなことで喜んでくれるなら、付き合ってよかったと思うけど。

「……関家さん、合格おめでとうございます」

女子二人が地球のオブジェで写真を撮っている間に、俺は関家さんに話しかけた。待ち合わせのときから山名さんは関家さんにべったりで、ようやく二人で話すことができた。

「ん。ありがとな」

「でも、驚きました。北海道って……」

「俺もだよ。募集も少ないし、まさか後期で受かると思ってなかった」

何年にも及ぶ浪人生活が報われたわりに、関家さんは落ち着いていた。もともとかっこつけな人なので、浮かれる気持ちを押し殺しているだけなのかもしれないけど、他に複雑な感情があるのかもしれない。

「……ほんとに行くんですね」

「受かったからな。医者になるのは夢だったし」

「……ですよね……」

月愛のこともあって感傷的な気持ちになっている俺に、関家さんは明るい表情を見せる。

「長期の休みにはこっち帰ってくるから、また会おうぜ。今までとあんま変わんないだろ」

「……そうですね」

数ヶ月に一度しか会っていなかった俺にとっては、そうだろう。

でも、山名さんにとっては。

毎日でも会いたいと思っている人にとっては、それは何億光年にも思える遠距離なのではないだろうか。

「センパーイ♡」

そこで山名さんが帰ってきて、関家さんの腕にからみついた。いつものバカップル状態だけど、今日はなんだかせつなく映る。

関家さんは、明後日《あさって》、東京の実家から旅立つ。急すぎて引越し業者の手配などは間に合わないので、とりあえず向こうに行って、ビジネスホテルにでも滞在しながら物件を決めたあと、親御さんに少しずつ荷物を送ってもらう算段らしい。

「リュート」

いつの間にか隣に来ていた月愛が、俺に向かって手を差し出している。頭にネコ耳をつけて、頰を上気させた笑顔が可愛い。

「…………」

照れ臭くて、鼻で笑うような苦笑が漏れてしまった。知り合いの前で彼女とイチャつくようなことをするのは、陰キャにとってはいつまで経《た》っても慣れない。

それでも、頑張ってその手を取ると。

「わーい♡」

月愛が甘えるように身を寄せてきた。

色鮮やかに飾り立てられた入口ファサードを通りながら、鼻をくすぐる香水の匂いに月愛を感じる。

それは、あの頃のフルーティだかフローラルだかな香りではなく。

いつの間にか、もっと複雑な大人の香気に変わっていた。

俺たちが最初に向かったのは、園内中央にあるアトラクションだった。火山の中を高速で駆け抜けるジェットコースターで、開園当初からある人気のアトラクションらしい。

オープン直後なのでまだ人が少なく、列に並んで二十分ほどで俺たちの番が来た。

「これ、けっこー落ちるんだよね。久しぶりだから、ちょっと怖いかも……」

「え、そうなの？」

コースターに座ってから、顔に怖気《おじけ》をのぞかせる月愛を見て、つられて俺もビビる。

「リュート、乗ったことないの？　マジカルシーには来たことあるって言ってなかった？」

「う、うーん……乗ったことあったとしても、小学生くらいのときだから……」

陰キャには男同士でマジカルシーに行きたがるような友達はいなかったので、小さい頃に家族と訪れた記憶しかない。

「ゼッキョー系苦手？」

「いや、そんなことは……たぶん……」

中学のとき、陰キャの友達と花やしきには行ったことがある。花やしきのジェットコースターを絶叫系と呼ぶかどうかは議論が分かれるところかもしれないが、普通に平気だった気がする。

「久しぶりだからわかんないけど……」

「ちょっと怖い？」

「いや、大丈夫だって……たぶん」

そんなことを言っているうちに、気づくとコースターは発進していた。

最初は、色とりどりのＬＥＤが輝く地底鉱山の神秘的な景色の中を、中速で進んでいく。

「ふふ、じゃあ手繋《つな》いでてあげるね♡」

月愛が微笑《ほほえ》んで、バーの上にあった俺の手に自分の手を重ねた。

山名さんと関家《せきや》さんは、俺たちの前に座っている。人目は気にならない。

「………………」

俺はバーからその手を下ろし、自分の膝の上で月愛の手を握り直した。

「………………」

月愛の視線を感じるけれども、恥ずかしくて横を見ることができない。

その直後。

「キャ────ッ！」

コースターは急加速を始めて、前の山名さんから悲鳴が上がった。

「きゃあっ！」

隣の月愛も、楽しげな悲鳴を上げる。

コースターはそのまま急速で進んで上昇し、一瞬にして屋外に飛び出す。

パークの遠景が俯瞰《ふかん》できて、異国の街並みのようなエキゾチックな風景に魅了される
……間もなく。

「キャ────ッ！」

コースターは急角度で落下した。

月愛《るな》の手に力が入って、俺もそれを握りしめる。

この手が離れて行かないように。

このまま地球の裏側まで落ちていっても、俺は月愛を離さない。


もちろんコースターの落下は一瞬で終わり、みんなは笑顔で降車した。

「思ってたより落ちてビビったわー」

「ニコル、めっちゃ叫んでたね」

「だって叫んだ方が怖くなくなるじゃん」

「わかりみ～！」

山名さんとキャピキャピした月愛が、俺の隣に滑り込んで手を握る。

「……あたしはリュートと手繋いでたから、どっちのドキドキかわかんなかった」

俺にしか聞こえない声で囁《ささや》いた月愛が、俺を見上げて笑う。

「……まだ、俺にドキドキしてくれるの？」

俺も小声で返す。

月愛は、ちょっと恥ずかしそうに微笑んで、俺から目を逸《そ》らす。

「だって、あたしまだ、リュートのこと全部知らないし」

「…………」

それが何を意味するのか、俺にはわかる。

俺も少し赤面した。

◇

「キャーッ、マジッキー！」

園内を歩いていると、月愛が突然黄色い声を上げた。

見ると、進行方向の広場に、マジカルリゾートのマスコットキャラクター、マジッキーの着ぐるみがいた。辺りにはスタッフもいて、写真撮影を求める人だかりができていた。

「あたしも撮りたーい！」

「ちょーラッキーじゃん！」

月愛と山名さんが、連れ立って人だかりへ突き進んでいく。

先にいた人たちの順番を待ってから、二人はマジッキーの前に躍り出た。

「ちょーかわいー！」

「ハグしてハグー♡」

「あたしもー♡」

マジッキーは雄の設定のはずなので、ベタベタする月愛を見ていると、ちょっとモヤッとしてしまう。そんな自分の小ささに気づいて、慌てて気を逸らした。

「…………」

隣の関家さんを見ると、平然とした顔で自分のスマホをチェックしていた。

「ありがと～♡」

「バイバーイ♡」

二人は最後までマジッキーに笑顔を振りまいて、こちらへ戻ってきた。

「お待たせー！」

「……センパイ、もしかしてマジッキーに妬《や》いちゃった？」

スマホからしらっと顔を上げる関家さんを見て、山名さんがからかうような笑みを見せる。

だが、関家さんは淡白だった。

「別に。だって中身、女だろ。身長的に」

そ、そうなのか……！　そう言われてみれば小柄だった気もするが。

俺は、関家さんの域には遠く及ばない。

「あー！　夢の国でそーゆーのナシ！『中身』なんていないんだからね⁉」

「そーですよっ！　あれは『マジッキー』なの！」

山名さんだけでなく月愛にも食ってかかられて、関家さんは途端にタジタジとなる。

「そ……そっか……悪い」

慧眼《けいがん》で下手なことは言うものではないなと学んだ。

太陽が高く昇ると小腹が空《す》いて、俺たちはワゴンでスナック的な食べ物を買った。

「はるまきドッグ美味《おい》しー♡」

「向こうで売ってるビーチボールまんも食べよー♡」

月愛も山名さんも、ずっとハイテンションだ。

「ほら、リュート、あーん」

「センパイも食べて～♡」

もう何度目かになるやりとりだが、相変わらずダブルデートのこういうところは、恥ずかしくて慣れない。

そうして和気藹々《わきあいあい》と楽しんでいた俺たちだったが、園内が段々と混雑してくるのが、体感でも、次第に延びていくアトラクションの待ち時間からもわかった。

「うわ……百六十分待ちだって」

向かった先のアトラクションの待機列の前に表示された数字を見て、月愛が絶句した。

「さっすが春休みー……！」

山名さんも言葉を失う。

「えー、どうする？」

「でも、これは乗りたいよね」

「うん、絶対外せないー！」

「開園後に来るのはこっちだったかぁ」

それは、ハンググライダーのような乗り物に乗って空を飛びながら世界旅行をする、シアターライド型のアトラクションだ。わりと新しいアトラクションで、オープンしてから数年ずっと人気があるらしい。

「どこも並ぶし、仕方ないね……」

アプリで他のアトラクションの待ち時間をチェックしても一時間超えはざらだったので、

俺たちは大人しくそれに並ぶことにした。

「あー、ポップコーン買ってから並べばよかったね」

前に並んでいる家族連れの子どもがポップコーンを頬張っているのを見て、山名さんが言った。月愛と山名さんは、前にマジカルリゾートで買ったポップコーンの入れ物を家から持ってきていた。

「あ、あたし買ってくるよ！　ニコル、何味にする？」

「え、あたしも行くよ」

「いーって。少しでも関家さんといたいでしょ？」

月愛に言われて、山名さんは頬を染める。

「あー……ありがと。チョコがいいな」

「オッケー、行ってくる！」

月愛がポップコーンバケットを二つ持って列を離れてから、俺が月愛と一緒に行けばよかったのかなと反省した。もともと気が利《き》かない人間なので、ついボーッとしてしまっていた。

「……動画でも見るか？」

ますますヒマになってしまった俺たちに、関家さんが言って自分のスマホのロックを解除する。

「うんっ！　でも、ギガだいじょぶ？」

「まーパケ代上がってもどうせ親父《おやじ》持ちだから」

関家さんはTikTokを開いて、話題の動画を山名さんと見始めた。

俺は、二人から少し距離を取りつつ、なんとなくその画面を眺められる位置にいた。

そうして、しばらく経《た》ったとき。

「……ねぇ、それ誰？『まりな』って」

関家さんのスマホ画面の上部に表示されたＬＩＮＥトークのポップアップを見て、山名さんが表情を変えた。

「高校の頃の友達だよ」

関家さんは平然と答える。

「女だよね？」

山名さんの顔つきは訝《いぶか》しげだ。

俺はなんだかイヤな空気を感じて、二人から半歩距離を取る。

「グループＬＩＮＥだから。何十人もいるグループなら、いつも誰かしら会話してるだろ」

関家《せきや》さんは軽く返すが、山名さんの顔は真剣そのものだ。

「なんで通知オフにしないの？」

「なんか俺に関係ある話題のときもあるかもしれねーだろ。勉強中とかは集中モードにすれば気にならないし」

「いや、何も集中してねーじゃん、今。ただの待ち時間だろ？」

「だったら、今も集中モードにしてよ」

「違うじゃん。あたしとのデートの時間でしょ？」

一歩も引かない応酬が続いていたが、そこでようやく関家さんが折れる。

「……わかったよ」

そうして関家さんのスマホが集中モードになっても、山名さんの腹の虫は治まらなかったようで。

「……その名前、前も見たことある。今までも二人でいるとき、その子からよくＬＩＮＥ来てたよね」

すぐに、彼女はそう蒸し返した。TikTokなど、もうそっちのけだ。

「だから、何度も言うけどグループＬＩＮＥのトークだから。他の仲良いやつと盛り上がってんだよ」

関家さんもうんざり顔になって言い返す。

「あたしには、勉強してるから連絡するの控えろって言ってたのに、なんでグループLINEが入ってくるのはよかったの？」

「お前からの連絡は、ちゃんと返信しなきゃって思うからだろ。グループLINEは、やりたい連中で盛り上がってるのを既読スルーで見てりゃいいけど」

「スルーできるくらいなら、最初から通知オフにすればいいじゃん」

「だからぁー……」

関家さんは反論するのもめんどくさそうに口を開く。

そのとき。

「ポップコーン買ってきたよー！　けっこー並んだぁ〜！」

月愛《るな》が、ポップコーンのバケットを二つ抱えて戻ってきた。

「いろいろ悩むけど、やっぱ最初はキャラメル味にしちゃうんだよね〜！　ほら、あーん」

「あ……」

親友からポップコーンを口の前に持ってこられて、山名さんは微妙な表情のまま口を開ける。

「……うん。やっぱ間違いないね」

咀嚼《そしゃく》するその顔に、やっと笑顔が戻った。

「リュートもどう？　関家さんも！」

月愛が自分のバケットを開いて、俺たちに向ける。

「あっ、ありがとう」

「……悪いな」

月愛の選んだキャラメル味のポップコーンは、どこかなつかしくて、ほっとする甘さだった。

「……こっちも食べる？」

山名さんが、月愛から受け取った自分のバケットを開いて、関家さんに勧める。

「……ああ」

関家さんは、少し気まずそうにそのポップコーンを口に運んだ。

◇

並んだアトラクションが終わると、もう夕方になっていた。楽しかったけど、百六十分待ちの価値があるかと訊《き》かれたら、正直「うーん」だ。俺が夢と魔法の世界にあまり親しんでいないせいかもしれない。

夕飯を食べることにして、近くのレストランに入った。イタリアの港町風の街並みの中にある店で、メニューもピザやスパゲッティが主のようだ。吹き抜けの二階にはテラス席があって、俺たちはそこに陣取った。

もう日没後で、本来ならゆっくり宵闇に溶けゆくはずの海辺の建物は、無数に飾りつけられた灯《あか》りによって、かえって煌《きら》びやかに輪郭を示し始めている。

「うーん、お腹《なか》いっぱい！」

みんなでシェアしたピザとパスタを一通り平らげ、月愛が満足げな声を上げた。

「お手洗い行ってくるねっ」

鞄《かばん》を持って、彼女は軽やかに席を立つ。

「おー」

それを見送った山名さんが、ふと後ろのテーブルに視線を留める。

「えっ、あれめっちゃ可愛《かわい》い。ドリンク？」

俺も注目してみると、そのテーブルには、鮮やかなマジッキーのイラストがデザインされたカップが置かれていた。おそらくドリンクかスイーツだろう。

「買ってきてやろうか？」

関家さんが、そう言って席を立つ。

「え、いいの？」

「いいよ。……お前の彼女の分も買っといてやるよ」

後半は俺に向かって言って、関家さんは一階に降りていった。

「えっ、あっ、すいませ……」

「わーい！　ルナとおそろだ～♡」

弾んだ声で喜んでいた山名さんが、ふと表情を沈ませる。

「……機嫌、取ってくれたのかな」

関家さんのことか。

確かに、先ほどのアトラクションの待ち時間以降、二人の間に少しぎくしゃくした空気が漂っていた。

「……不安なんだよね。あたしと違って、センパイは他の女の子とも経験があるから。高校の同級生の中に、元カノもいるんじゃないかとか思っちゃって」

関家さんの姿が完全に消えてから、山名さんはそんなことをつぶやいた。

「…………」

独り言として聞き流してもよかったのかもしれない。

けれども、何か言ってあげたい気持ちに急《せ》かされて、俺は言葉を探した。

だって、山名さんのその気持ちは、過去に俺が抱いた思いだったから。

「……俺も、そうだったよ」

まさか俺から返答が来ると思っていなかったのか、山名さんは意外そうに俺を見た。

「月愛と付き合いたての頃……月愛に対して、そういう不安を感じてるときがあった」

高二の初夏、人生で一番甘酸《あまず》っぱかったあの頃の気持ちは、今でも頭の中に鮮明に記憶されている。

「自分が初めてで、相手と対等でいられる自信がないから……。『月愛は他の男との経験があるから、俺より進んでる』って目で見てて。……でも、そういう先入観って、目の前の相手をちゃんと見ることの邪魔になるんだよね」

山名さんはテーブルに頰杖《ほおづえ》をついて、興味深げに俺を見守っている。

「過去は、過ぎ去った時間だから……今、目の前にいる相手の過去を想像して、まるで今もその時間が続いているかのように過ごしてみたって、自分にとっても相手にとっても、なんのプラスにもならない。俺は、月愛の元カレとじゃなくて、月愛と一緒にいたいんだから。……いっぱい考えて、そう思えるようになったんだ」

考えながら、ゆっくり話し終えた俺を、山名さんはしばらく無言で見ていた。

「……あんたってさ、変だよね。初めて話したときから思ってたけど」

そう言って頬杖を外し、彼女は少し微笑《ほほえ》む。

「今ならわかるよ。それって『変』なんじゃなくて、あんたは賢かったんだ。それに、底抜けにいいヤツ」

「え……」

ここで褒められると思っていなかったので、俺は戸惑ってしまう。

そんな俺に、山名さんはおかしそうな視線を向ける。

「あたし、勉強は苦手だったけど、人を見る目はあると思ってるんだ」

そう言うと、目を伏せてふっと笑った。

「ルナがあんたを選んだ理由も……センパイが、あんたと友達になった理由もわかる気がするよ。……羨ましいな」

その横顔は、いつも見る強気な彼女の表情と違ってしおらしい。

「あたしはきっと、女じゃなかったら、センパイと仲良くなることなんて一生なかった」

「……どういうこと？」

尋ねる俺を見て、山名さんは微笑んだ。

「住む世界が違うってこと。あんたも、いつの間にかそっち側の人になってたんだよね」

「…………」

なんと言っていいかわからなくて、口を挟むタイミングを逃してしまった。

「愚か者も、好きで愚か者を演じてるわけじゃないんだよ。わかってても、どうしようもない。抜け出せないんだ。どうしたらいいかわからないから。だから愚かなままなんだ」

伏し目がちに語る山名さんは、その内容とは裏腹に穏やかな顔をしていた。

「ルナも愚か者だけどさ、あんたは優しいから、わかるように話してくれるんだろうね、きっと。あたしにこうして話してくれたみたいに」

俺と少し目を合わせて、山名さんは微笑む。

この人は、いつの間にこんなによく笑う人になったのだろう。

それとも……もしかしたら、彼女は何も変わっていなくて。

俺たちの関係が、初めて話した頃とは変わったからだろうか。

俺のことを、親友の彼氏としてではなく……友達だと思ってくれるようになったからだろうか。

「センパイにも、そういう優しさがあったら……あたしも、もっと救われたんだろうなぁ……」

海から夜風が吹いてきて、山名さんのストレートヘアがさらりと揺れる。

「でも好きだから。しょうがないんだよね……」

頬に感じる風には、春の訪れを告げる温《ぬく》もりがある。

けれどもその温かさは、目の前にいるこの人の心には届いていないのかもしれない。

「これからもセンパイを好きでいたいなら……この寂しさにも、あたしは耐えられるようにならなきゃいけないんだよね……」

海沿いの夜景の輝きを瞳に映した山名さんは、高校の頃より大人びた横顔で。

自分に言い聞かせるように、そうつぶやいた。

◇

レストランを出ると、目の前には、海を囲む宝石のような夜景が広がっていた。

「ヤバー！」

月愛が目を輝かせて、スマホを取り出す。

「あ、この位置めっちゃ盛れそー。撮ろーよ、ルナ！」

山名さんが呼んで、二人は夜景をバックに自撮りを始める。

ちょっと離れてなんとなく見守っていると、隣に関家《せきや》さんがやってきた。

「……今日、なんかごめんな。途中ガチャついて」

「いえ……」

待ち時間のときのことを言っているのがわかって、何かフォローしなければと思う。

「山名さんも、不安なんですよね、きっと」

「まぁな。俺も信用ないだろうしな。……させられるほど傍《そば》にいられなかったし」

そう言って、関家さんは少しそっぽを向く。

「……でも、山名のことはほんとに好きなんだ。……結婚したいって思ってる」

その表情は、俺からは見えない。けれども、そう言う声は優しかった。

「……それ、本人に言いました？」

俺が訊くと、関家さんはこちらを見て自嘲のように笑う。

「言えるわけねーだろ。親の脛《すね》かじりの浪人生が」

「でも、もう違うじゃないですか」

「四月からはな」

硬い声で答えて、関家さんは俺に少し背を向ける。

「……辛《つら》いとき、よく妄想してたんだ。山名と結婚して、子どもが生まれて、俺が医者やってて……。家に帰ったら、あいつがガキの世話しながら夕飯作ってくれてて、『お帰り』って言ってくれて……それ見たら疲れも吹っ飛んで……」

照れ隠しのようにせせら笑って、関家さんは俺に横顔を見せる。

「そういう未来を叶《かな》えるために、俺は頑張ってこれたんだよな。……この三年半」

その瞳は、海際《うみぎわ》の欄干を背にして月愛《るな》と共にはしゃぐ山名さんの方へ向けられている。

「……その話、山名さんに……」

「だから、言えるわけねーだろ」

俺の言葉を遮って、関家さんが笑う。

「キモすぎるって。そんなキャラじゃないのに」

「でも、言わなかったら伝わらないですよ」

「……かもな」

小さく自嘲してから、関家さんは背を丸めて自分の足元に視線を落とす。

「バレンタインの日、山名が家に来てくれたんだ。いつもそうなんだよな。俺が『会いたい』って思ってると、山名の方から会いにきてくれた。それに甘えてたから……どうしたらいいかわからない」

ああ、そうか。

関家さんは、言えなかったのか。

――お前は、言えてんのか？

俺は、あの言葉に背中を押してもらったのに。

「いつでも会える距離じゃなくなったとき……俺たちはどうなるんだろう。あいつもそんなにメンタル強い方じゃないし」

「修学旅行のときみたいに、会いにいけばいいじゃないですか。いざとなったら」

「浪人生と医大生は違うだろ。授業も課題も放り出してはいけねぇよ」

淡々と言って、関家さんは地面に向けたままの目を細める。

「きついよな。これから六年……もしかしたら、そのまま向こうで研修医になるかもしれないし」

「……そんな……」

俺たち四年制の大学生と違って、医大生は六年の学部生活を終えて国家試験を受け、さらに二年間の研修経験を積まなければ就業できないらしいということは、知識としてなんとなく知っていたけど。

「ってことは、八年ですか……」

八年前の俺は、まだギリギリ小学生だった。八年後の自分がこんなことになっているなんて、あの頃の俺には想像もつかなかった。

そんな未来が見えないほどの長い間、関家さんと山名さんは離れていなければならないのか。

やっと一緒にいられると思った、その矢先に。

「ごめぇーん、お待たせ！」

「ブレすぎるから、めっちゃ撮っちゃった！　カメラロール爆死！」

そこで、月愛と山名さんが撮影を終えて戻ってきた。

「何、俺が選んでやるよ。……これとかよくね？」

「はぁっ、めっちゃブレてんですけど⁉」

「その方が美人に見えるじゃん」

「も～ぉ、センパイのいじわる～っ！」

スマホを見ながら、関家さんと山名さんがイチャついている。

関家さんといるときの山名さんの顔は、ニッシーといるときとは全然違う。

でも、この二人はずっとこうだったのだろう。中学時代の……卓球部の先輩とマネージャーの関係だったときから。

「ねー、ショーが始まるよ！　あっち行こ！」

月愛が俺の腕を取って引っ張る。

海辺の広場には、すでに多くの人が集まっていた。

「わ〜っ！」

無数のイルミネーションが一斉に消灯して、海で始まるショーに灯《あか》りが集中する。

夢と魔法を溶かして紡《つむ》いだような旋律が、爆音で耳に流れ込んでくる。

マジッキーや仲間のキャラクター、物語の登場人物たちが船に乗って次々に登場する水上のショーは、三十分ほど続いた。

ほどなくして、園内にはフィナーレの花火が上がる。

「きれーいっ！」

花火に照らされる月愛の顔を見ながら、俺は高校時代の夏を思い出す。

——初めてじゃないの、あたし。ここのお祭りじゃないけど、こうして浴衣《ゆかた》で男の人と歩くのも……一緒に花火を見るのも。

あれから、二人で何度も花火を見た。

その大きな瞳に咲く光の花を見るたび、俺は月愛を愛《いと》しく思う。

初めて見た花火の相手が俺じゃないなんてこと、今の俺はもう気にしてない。

でも。

この先、二人で花火を見られなくなるのはイヤだ。

こうしてずっと傍にいたい。

せめて、心だけでも。

「……どしたの？」

俺が上じゃなくて月愛ばかり見ているから、月愛に不思議そうな顔をされてしまった。

「……なんでもないよ」

安心させるように微笑《ほほえ》んだつもりだったのに、うまく笑えなくて口元が歪《ゆが》んでしまった。

「…………」

月愛が、何か言いたげに俺を見つめる。

そんな彼女が愛しくて。

どこにも行って欲しくなくて。

「えっ……」

急に肩を抱き寄せたら、月愛が驚いた声を上げた。

関家さんと山名さんは、俺たちの前にいる。

それでも、知らない人たちが大勢いる中で。

昔の俺だったら、こんなことはできなかっただろう。

――これからもセンパイを好きでいたいなら……この寂しさにも、あたしは耐えられるようにならなきゃいけないんだよね……。

――いつでも会える距離じゃなくなったとき……俺たちはどうなるんだろう。

山名さんと関家さんを見ていたら、俺も少し不安になってしまったみたいだ。

「リュート……？」

月愛の視線を感じながら、俺は花火を見上げ、無言で彼女の肩を抱いていた。

◇

「めっちゃキレーだったね！」

「マジヤバかった！」

花火が終わって人の流れが入退場口へ向かう中、月愛と山名さんはテンション高く言い合っていた。

「マジカルシーもランドもいいけどさー、次はユニバ行きたくね？」

「あっ、いーね！　夏休みとか」

山名さんの提案に、月愛が目を輝かせる。

「大阪だから、日帰りムリかな～？」

「だね。隣同士の部屋取って、寝るまで行き来しよーよ」

「男子部屋と女子部屋で？」

「修学旅行じゃないんだから。カップルで一部屋ずつに決まってんじゃん」

山名さんに笑われて、月愛が赤面する。

「そ、そっか……そだよね」

それを聞いて、俺もそわそわしてしまった。

山名さんと関家《せきや》さんは、今日は近くのホテルに部屋をとっているらしい。関家さんが旅立つのは明後日《あさって》だから、それまで一緒にいるつもりなのだろう。

「お前ら、このあとどーすんの？」

入退場口付近で関家さんに訊《き》かれて、俺は立ち止まった。

「……あ、ちょっと用事を思い出した」

「えっ？　どしたの、リュート？」

隣にいた月愛も、驚いて立ち止まる。

「関家さんたちは、先に行ってください。ここで別れましょう」

「はぁ？　用事って何？」

山名さんが怪訝《けげん》な顔で問い詰めてくるが、何かを察してくれた関家さんが「行こーぜ」と彼女の腕を取る。

「じゃあな。今日はありがとう」

「はい、また明後日」

明後日は、俺も関家さんの見送りに行くことになっている。

「じゃあね、ニコルー！」

「うん、またねー！」

月愛と山名さんも別れの挨拶を交わして、俺たちは手を振りながら二人を見送った。

「……で、なに？　用事って？」

「う、うん。ちょっと……」

俺は視線を彷徨《さまよ》わせる。

何かプランがあるわけではない。

でも、何かしたい。

俺の今の気持ちを、月愛《るな》に伝えておかなければ。

焦燥感だけに衝《つ》き動《うご》かされて、俺は彼女に背を向ける。

「ちょっとここで待ってて！　すぐ帰ってくるから！」

「えっ⁉」

戸惑う月愛の声を耳にしながら、俺はポケットからスマホを取り出した。

「……ごめん、お待たせ！」

息を切らして帰ってきた俺に、ドリンクの紙コップを手にして同じ場所に立っていた月愛は笑顔を見せた。

「お帰り！　ねぇねぇ、タピオカ買っちゃった。リュートも一口飲む……」

「これ！」

そんな彼女に、俺は後ろ手に隠していたものを渡す。

「えっ……ガラスの靴？」

それを見て、月愛は目を丸くする。

「買ってきたの？」

「うん。月愛に渡したくて」

彼女の手から紙コップを受け取って、代わりにガラスの靴を渡す。

「ありがと……可愛《かわい》いけど……なんで？」

「………………」

それはもっともな疑問だ。

——でも、言わなかったら伝わらないですよ。

さっき関家さんに言った言葉が、ブーメランのように返ってくる。

「……えっと、ガラスの靴っていうのは、王子が結婚を決めた相手を探すときに手がかりとして持っていたもので……」

「うん？」

「王子はこの靴の持ち主と結婚したくて……だから……」

自分でも何を言ってるのかわからなくなってきて、もう本題を言うしかないと腹を括《くく》る。

「俺が、大学を卒業したら……け、結婚しよう」

月愛の顔を見る勇気がなくて、彼女のスカートの辺りまでしか視線を上げられなかった。

「……リュート……」

月愛の茫然《ぼうぜん》としたつぶやきを聞いて、ようやく顔を上げる。

月愛は驚いていたけど、その顔には喜色が見えた。それに安堵《あんど》して、俺は月愛を見つめる。

「だからあの、月愛が福岡にいるなら、俺も向こうで就活するし……」

気持ちが焦《あせ》って、言葉がうまくまとまらない。

「だから、大丈夫だから！　俺、四月からもう三年生だし、あとたった二年だから！」

「……………」

「夏休みは会いに行くし、冬休みだって、春休みだって……バイトで交通費貯《た》めて、行けるなら毎週だって……」

すると、そこで月愛がふっと微笑んだ。感極まったような、想《おも》いが溢《あふ》れるような表情で。

「リュート……ありがと」

しっとりとつぶやいてから、少し俯《うつむ》く。

「……うん。あたし、決めた。明日《あした》、エリマネに返事する」

そう言うと、月愛は顔を上げて俺を見る。

「ちゃんと決まったら、報告するね。でも、心配しないで欲しい」

「……うん」

月愛がエリマネにどういう返事をするかわからないのが気にかかるけど。

それも、決まったら教えてくれるつもりなのだろう。

「……だけど、びっくりしたぁ。今日そんなこと言われるなんて、全然思ってなかったから」

ふと、月愛が明るく笑う。

それで、俺もいつもの調子に戻った。

「ご、ごめん、マジカルシーで恋人にするサプライズ検索したら、プロポーズのことばっか出てきちゃって……先走りすぎかもって思ったけど」

月愛の手にあるガラスの靴を見て、今さらこっ恥ずかしくなって背中を汗が這《は》う。

「……でも、これは……俺の、ほんとの気持ちだから」

それだけは、もう一度しっかり伝えておこうと思った。

「うん……嬉《うれ》しい」

月愛は目を細めて微笑み、自分の手の中にある輝きを見つめる。

「……いつ言ってくれるのかなって、ほんとはちょっと思ってたから」

ぽかんとする俺に、月愛はいたずらっぽい笑みを向ける。

「海愛に言ったんでしょ？『大学を卒業したら月愛と結婚する』って」

「あっ、あれは……」

黒瀬《くろせ》さんめ……！

確かに、口止めしておかなかった俺が悪いけど。

「……こ、高校のときから……そう思ってたから」

「あたしも」

冷や汗をかきっぱなしの俺に、月愛は恥ずかしそうなまなざしを送る。

「ずっと、リュートと結婚したいって思ってた。もちろん、今も」

「月愛……」

ふと、急に人目が気になって、俺は辺りをキョロキョロした。

花火が終わってから園内はすっかり帰宅ムードで、入退場口に近いこの辺りは人通りが多い。みんな、これから買うべきお土産やこのあとの話に夢中で、建物の壁際《かべぎわ》に立ち止まって話す俺たちに目を配っていくような人はいない。

山名さんたちは、もうホテルに着いている頃だろう。

「……あ、明日、朝から仕事……？」

ぎこちなく訊く俺に、月愛が同じぎこちなさで頷《うなず》く。

「う、うん……」

「だ、よね……」

二人の頭の中によぎっているのは、きっと同じことだ。

一回タイミングを逃してしまっただけで、どうしてこんなに難しくなってしまったのだろう。

「…………」

三年前のあのときから、俺たちは同じ気持ちのはずなのに。

「…………」

長めの沈黙のあとで。

「……帰ろっか」

月愛が、俺に手を差し出して歩き出した。

「……そうだね」

その手を取って、俺も彼女に肩を並べる。

繋《つな》いだ月愛の手のぬくもりで、春の訪れを感じる。それとも、タピオカのコップを持っていた俺の手が冷えていたのだろうか？

「これ、大切にするね」

手にしたガラスの靴を見せて、月愛が微笑《ほほえ》む。その耳と指には、ムーンストーンの石が輝いている。

月愛は、俺からの贈り物をずっと大事にしてくれる。たぶん、そんなに何年もつけるような高価なものじゃないのに。

「……もっと素敵なものあげられるように、頑張るから」

恥ずかしくて小声で言った言葉は、小声すぎて月愛には届かなかったようで。

「え？」

不思議そうに訊《き》き返す彼女に、俺は笑って首を振った。

「なんでもないよ」

沈みかける三日月だけが、俺のささやかな誓いを聞いていてくれればいいと思った。

第五章

そんなダブルデートの翌朝、俺はベッドの上でスマホを開いてぎょっとした。

ユースケ
俺、彼女できるかも

「えっ⁉」

いや、別に今やイッチーは高身長イケメンだし、彼女ができても全然おかしくはないんだけども。

あんなに陰キャなイッチーが、どこでどんな女の子と知り合って、どんなふうに親密に？

仁志名蓮《にしなれん》

どういうことだよおい⁉

どこの誰⁉

かわいいのか⁉

話聞かせろ！

通話するからな！


ニッシーもそれが気になったらしく、たちまちメッセージが連投されて、グループ通話が始まった。

「いやー、昨日オフ会があってさ」

「オフ会？　KENキッズの？」

「っていうか、俺のファンの？」

「は？」

「Twitterでよくリプくれるフォロワーたちと会ったんだよ」

「あ～？」

「それで、俺のことめっちゃ好きって言ってくれる女の子がいて」

「はぁ……」

「なんか、ほんとめっちゃ好きでいてくれて。Twitterにも早速昨日のこと投稿してくれてるし」

「おお、いいじゃん」

「ふうん？」

「プレゼントくれたりして」

「はぁ……」

「よかったじゃん」

「今日の午後、二人で会うんだよ」

「へえ。じゃあ、もう付き合う感じ？」

ニッシーは萎えがちなので、俺が主導で質問する。

「どうかな～！　向こうから言われたら付き合っちゃうかもな～！」

イッチーはもう浮かれ気分絶好調だ。

「そっか。じゃあ、お幸せに」

そうして通話が終わって、俺は少し感慨深くなった。

「イッチーに彼女か……」

ふと、谷北さんのことが心によぎった。

――超絶タイプだもん。今でも好きに決まってるじゃん。

「…………」

でも、しょうがないよな。

イッチーがその子のことを好きなら、谷北さんが出る幕はないんだし。

そうして、なんとなくやるせない気持ちになっていたとき。

スマホが震えて、見るとニッシーから着信が来ている。

「ニッシー？」

「なぁ、さっきイッチーが言ってた子っぽいTwitterのアカウント見つけたんだけど」

「えっ？」

仕事が早い……というかそこまでやるのか。イッチーが彼女持ちになって、置いていかれるのが悔しいのかもしれないけど。

「この女ヤベェぞ」

「えっ？」

「アカウント送るから見てみ」

それだけ言って、ニッシーは通話を切った。

送られてきたアカウントを見て、俺は。

「うわぁ……」

思わず声を上げてしまった。

ちゃもたろ
推しとデートわず♡

一緒に載っていた写真には、テーブルの上に二つのグラスが並んだ光景が写っている。

オフ会ならば、他にも人はいたはずなのに……。

ちゃもたろ
おそろ♡　バレちゃうかな？

その次に載っていた写真には、マグカップが写っていた。

意味がわからず、イッチーのアカウントに飛んでみると、彼女の投稿の少し前に、同じマグカップの写真が上がっていた。

陽キャユースケ
オフ会でいただいたよ～ありがとう!

——プレゼントくれたりして。

そういえば、そんなことを言っていた。

イッチーにあげたプレゼントと同じものを自分も買って、「おそろ♡」と親密な関係を匂わせるツイートをしているというわけか。

手が込んでいない分、とりわけ悪質というわけでもないが、なかなかイタイ感じがする。

その後も少し見てみると、他のユーザーからついたリプライへの返信も香ばしかった。

ミナミ
ただのオフ会だろ　何がデートだよ

ちゃもたろ

えｗｗｗやだーオフ会来れないミナミさんじゃないですかｗｗｗブスなんですか？

ｗｗｗ嫉妬乙ですｗｗｗ

「めっちゃ煽《あお》ってる……！」

　これにはさすがに引いてしまった。

「ニッシー、確かにヤバいよ、この子」

　思わずニッシーに電話してしまった。

「だろ⁉　でもイッチー全然気づいてないんだよ。今電話して教えてやったんだけど、『ちょっと俺のこと好きすぎるんだよなー』とか笑ってやがんの。頭沸きすぎだろ」

「しかも今日二人きりで会うんでしょ？　まずいよ。ますます調子乗りそう」

「だから俺、言ったんだよ。『俺とカッシーも同席させろ』って」

「えっ⁉　何勝手に決めてんの⁉」

「予定あんの？」

「三時から編集部バイトが……」

「あー大丈夫。待ち合わせ十二時って言ってたから。それまでに終わるだろ」

「え～……」

とはいえ、イッチーのことは心配だ。

陰キャで女の子に慣れてないのは俺たちと同じだが、さらに輪をかけて人間関係に不器用なイッチーのことだ。三年前には文化祭で盛り上がったテンションで、罰ゲームでもないのにいきなり谷北さんに告白してしまうし、女性に対して危なっかしいところがある。

結局、俺もニッシーと共に現地に向かうことにして、通話を終えると身支度を始めた。

そして、ふと思い立ち。

LINEのトーク画面を開いて、「A．T」に向けてメッセージを打ち始めた。

◇

「初めてまして、ちゃもたろですー」

待ち合わせのファミレスに現れた女の子が、俺たちの前で愛想《あいそ》よくそう言った。

イッチー、ニッシーと三十分前に合流し、店内の四人向けテーブル席で今か今かとそのときを待っていた俺は、ついに訪れた瞬間に緊張感がピークに達する。

「あ、ここ座ってー」

「はぁい♡」

壁際《かべぎわ》のソファ席、イッチーの隣……俺の正面に座った彼女を、俺は遠慮がちに見る。

正直、俺のタイプではない。キャッチコピーで表すなら「クラスで十六番目に可愛《かわい》い女の子」という感じだ。

ファッションにこだわりがある感じはして、ちょっとヒラヒラした、女の子っぽい服装をしている。テイストとしては、昔の黒瀬《くろせ》さんに近いかもしれない。

KENキッズということだからオタクなのだろうけど、そのわりにニコニコしていて人懐《ひとなつ》っこそうな人だった。イッチーの……好きな人の前だからだろうか。

「……ゲェ～マジかよ」

隣のニッシーが、思わず漏れてしまったように口の中でつぶやいた。

そんなニッシーを、俺は肘で強めに小突く。

「俺の友達がさー、どうしてもちゃもたろさんに会いたいって言って。高校のときの友達なんだけど、二人ともKENキッズで、いつも学校でKENの話してたんだ」

イッチーは上機嫌で彼女に向かって話す。舞い上がっているようだ。

「えー、いいな～！　ちゃも、学校でキッズの友達いないですぅ～」

ちゃもたろさんも、テンション高く調子を合わせる。

これはこれでお似合いなのかもしれないけど、俺はTwitterでのキャラを知っているので、あまり彼女を好意的に見られない。

「……ちゃ、ちゃも、たろさん？　は……何歳？」

ちょっと若そうに見えたので尋ねると、ちゃもたろさんは俺に向かってニコッと笑う。

「十七歳です」

「えっ、じゃあ高校生？」

「はい」

「そ、そうなんだ……」

俺はニッシーと目を合わせる。

ただでさえヤバそうな案件なのに、さらに高校生とは……。

イッチーには、ますます彼女と付き合って欲しくない。

けれども、すでにラブラブムードのイッチーと彼女に、何を言ったら交際を阻止できるのかわからない。

「ちゃもさん、ほんと若いよなぁ。肌めっちゃきれい」

「え～♡　陽キャさんこそめっちゃイケメンですよぉ」

今さらだけど、イッチーの「陽キャユースケ」というHNがじわる。しかも愛称が「陽キャさん」なのが皮肉でしかないよな、こうなると。

「……うわ～」

ふと隣から声がするので見ると、ニッシーが膝の上で自身のスマホを見ていた。

「カッシー、これ見ろよ」

見せられた画面を見ると、ちゃもたろさんのTwitterの最新投稿が表示されていた。

ちゃもたろ
今日も推しとデート♡　おそろドリンク♡　ラブ♡

画像つきの投稿で、テーブルの上のドリンクバーのグラスが二つ写っている。いつの間に撮ったのかわからないが、確かに彼女はイッチーと同じコーラを飲んでいた。ご丁寧に位置情報まで記していて、全世界にマウントを取っているつもりなのだろうか。

その後も、イッチーとちゃもたろさんの目も当てられないイチャつきは止まるところを知らなかった。

「陽キャさんのあの建築、めっちゃすごかった～♡　厳島神社《いつくしまじんじゃ》みたいなやつ」

「あ～あれね！　簡単だったよ！　一時間でできた！」

「マージ簡単だって！　俺レベルになるとさぁ～」

「え～ウソだぁ」

「え～天才♡　めっちゃ好き～♡」

「だろ～、惚《ほ》れんなよ」

「え、もう惚れてるし！」

「タハハ～」

ちゃもたろさんもいろいろどうかと思うが、こうなってくるとイッチーもイッチーだ。

高校時代の親友とも呼べる友達が、いくら初めて彼女ができそうな局面だからといって、こんなにサムい男になってしまうなんて。

そう思うと、呆《あき》れを通り越して、怒りにも似た感情が徐々に湧き上がってくる。

ニッシーも、それは同様だったようで。

「……もういいわ、俺帰る。カッシーも行こうぜ」

うんざりしたような顔で、俺にそう言った。

「うん……」

イッチーはもうダメだ。

自分の女ファンに手を出したのが界隈《かいわい》で問題になってＫＥＮから永久ＢＡＮを食らって

も、未成年淫行でしょっ引かれても、こうなったら仕方ない。

そう思って、ニッシーと席を立ちかけたときだった。

「おい、テメー何してんだよ！」

ファミレスに似つかわしくない怒声に、店内の客が一斉にそちらの方を見た。

俺たちの席の後ろに、若い男が立って、こちらをにらんでいる。

当然、他のテーブルの関係者だと思って目を合わせないようにしていると、彼はまっすぐこちらへ歩いてくる。

「……で、どいつが陽キャユースケだ？」

俺たち男三人の顔を順番に眺めて、その男はちゃもたろさんをにらむ。

「おい、答えろよ、ちゃも！」

そこでようやく、彼がちゃもたろさんの知り合いであることを悟った。

「…………」

ちゃもたろさんは、俯《うつむ》いて黙っている。

「お前か？」

正面にいる俺を見つめて問われ、思わず俺は思いきり首を横に振ってしまった。

「じゃあ、お前か？」

次ににらまれたニッシーも全力首振りをする。

「……お前か」

さすがに、イッチーは否定しなかった。かといって頷《うなず》くこともできず、呆気《あっけ》に取られたようにノーリアクションで男を見つめる。

ちゃもたろさんと同じ高二くらいの、どう見ても年下の男だ。言葉遣いの威勢はいいが、輩《やから》という感じではなく、服装などから見ても、どちらかというと陰キャっぽい雰囲気の、どこにでもいそうな青少年だ。

それだけに、彼自身の純粋な怒りが伝わってきて怖かった。

「テメー、人の彼女に何してくれてんだよ」

半ば予想はついていたが、その言葉ですべてを理解した。

「か、彼女……？」

イッチーは茫然《ぼうぜん》としている。

天国から地獄に突き落とされた表情だ。

「つーか、デートでもねーじゃん。何やってんの？　Twitterにあんなこと書いて、俺が気づかねーと思った？」

彼氏ににらまれて、ちゃもたろさんは再び俯く。

「あ、あの、ごめんなさい。ちゃも、推しの陽キャさんと知り合えて嬉《うれ》しくて……他の女ファンに自慢したくて……それだけで……」

「ヤッたのか？」

「ヤッてないです……」

ちゃもたろさんが俯いたまま、暗い声で答える。

「……ほんとか？」

彼氏は疑《うたぐ》り深《ぶか》げに彼女をにらむ。

「ほんとです、昨日オフ会で会ったばっかだし！」

「絶対ヤッてないです！　この人、ずっと童貞なんで！」

「そんなスキルないです！」

無言のイッチーに代わって、なぜか俺とニッシーが全力で擁護する羽目になった。

店内の人たちの、遠巻きな好奇心をはらんだ視線が痛い。

「……もう二度と会うなよ。わかったか？」

彼氏に言われて、ちゃもたろさんは深く頷く。

そんな彼女を、イッチーは悲しげに見ている。

「じゃあ行くぞ」

彼氏に言われてちゃもたろさんが立ち上がり、なぜかイッチーも立ち上がる。

俺とニッシーだけここにいてもしょうがないので、一緒に立ち上がる。

レジにぞろぞろと並んで、誰もが無言で自分が頼んだドリンクバーをそれぞれ別会計するシュールな時間が流れた。

そうして、店外に出て。

「行くぞ」

まだ怒り声の彼氏に言われて、ちゃもたろさんがイッチーを一瞥《いちべつ》し、黙って彼氏についていこうと歩き出したときだった。

「……待って！」

イッチーが、ちゃもたろさんに向かって声をかけた。

「ちゃもさん！」

ちゃもたろさんと彼氏が、立ち止まってこちらを見る。

そんな中、ちゃもたろさんだけを見つめて、悲愴《ひそう》な顔のイッチーは口を開いた。

「……そいつと別れて、俺と付き合ってよ」

「はぁ？」

彼氏が一気にブチ切れ顔になる。

駅前近くの街路樹が整然と並んだ幅広の歩道で、通り過ぎる人たちが何事かと好奇の目を向けていく。

それにも負けず、イッチーは訴えた。

「好きなんだ。ちゃもさん、お願い……」

頭を下げて、必死な様子のイッチーを、彼氏の隣にいるちゃもたろさんは眉根を寄せて見る。

「……ごめんなさい。陽キャさんのことは推しとして好きだったから、そういうつもりじゃ……」

「なんだよそれ……好きならいいじゃん！　俺のファンなんだろ⁉　付き合ってよ……！」

イッチーは頭を上げて、食い下がるようにちゃもたろさんに言う。

「イッチー」

ニッシーが、やめろというようにイッチーの腕を掴《つか》むが、体格差もあって簡単に振り払われてしまう。

「ふざけんなよ、てめー！」

そこで、彼氏が再び激昂《げきこう》してこちらへやってきた。

「殴られてーのかよ⁉」

彼氏が大きく手を振り上げると、イッチーはビビって後ろに倒れた。

俺と同じで体を張った喧嘩《けんか》などしたこともないだろうし、気持ちはわかるけど、非常にかっこ悪い。

「ちゃもさん……」

尻餅をついて両手を後ろについた体勢のまま、イッチーは追いすがるようにつぶやく。

「うるせーな、マジで殴るぞ⁉」

彼氏が苛立《いらだ》ち、イッチーの方に再び手を振りかぶった。

そのときだった。

俺たちの背後から人影が走り出て、イッチーの前に現れる。

「バッカじゃないの⁉」

甲高い女性の声が歩道に響いて、パァンというビンタの音が鳴った。

「みっともないことやめてよ！　店の中から全部見てたんだからね⁉」

彼女はイッチーの上に馬乗りになって、その胸ぐらを摑んで言った。

「た、谷北さん……⁉　マジかよ⁉」

隣のニッシーが、度肝を抜かれたようにつぶやいた。

確かに、ニッシーには言っていなかったから、驚くのも無理はない。

りゅうと
イッチー、彼女できるかもよ
いいの？

A.T
ちゃもたろでしょ
彼氏いるっぽかったけど乗りかえるつもりかな

りゅうと
あ、知ってるんだ…
とりあえず待ち合わせのファミレスの場所送るから

先ほどＬＩＮＥのトークでやり取りした内容を思い出す。

気づかなかったけど、おそらくファミレスのどこかの席で、俺たちの一部始終を見ていたのだろう。

「なんであいつなのよ！　うちのが十倍可愛《かわい》いし、百倍あんたのこと好きだったのに！」

組み敷かれたまま絶句するイッチーに、谷北さんは言葉の弾丸を連射する。

「これ以上あんなやつの前で醜態さらして、うちの三年間の片想《かたおも》いを台無しにしないで！　あんたはこんなにかっこいいのに！」

「えっ、谷北……えっ、何、なんで……」

そこでようやく言葉を発したイッチーに、谷北さんはふてぶてしい面持ちで答える。

「……『ミナミ』って言えばわかる？」

「……えっ、Twitterで毎回リプくれる、俺のファンの……？」

谷北さんは大きく頷く。

「ミナミはわたし。ほんとはその前にもアカウント持ってたけど、シクってブロされたから転生した」

「……えっ……」

「東京住みなのに何度オフ会やっても一度も来ないから、顔見せられないほどのどブスだと思ってた？」

「えっ……えっ……!?」

イッチーは何が起きているのかわからない顔で口をパクパクさせる。

「えっ……俺のこと、す、好きなの……？」

「嫌いなヤツに毎日リプするわけないでしょ」

とても好きな男に対するものではないような不貞腐《ふてくさ》れた口調で、谷北さんが答える。

「そ、それって『推し』として……？」

さっきのちゃもたろさんのことがあるからか、イッチーは慎重だ。

「なんでもいい。伊地知祐輔《いじちゆうすけ》でも陽キャユースケでも、全部好き。『付き合って』って言われたら付き合うし、『やらせて』って言われたらやらせちゃう。あんたの見た目が好きすぎる」

眉根を寄せて一息に言う谷北さんに対して、イッチーは途端にパニック顔になる。

「えっ、でも俺、文化祭で死ぬほどフラれて……」

「あのときの伊地知くん、めっちゃ太ってたじゃん！　うちオタクだもん、超絶面食いに決まってるでしょ!?　告るつもりなら最初から痩せてきてよ！」

責めるように早口で捲《まく》し立《た》ててから、谷北さんはせつなそうに唇を噛《か》む。

「……そしたら、何年もこんな思いしなくて済んだのに……」

道行く人たちは、そんな二人を、その周りをちょっと避《よ》けて歩きながら、振り返って眺めていく。

少し離れてニッシーと共に立っている俺も、見せ物の一員になっているようで正直ちょっと気が気でない。

だが、当の二人は、それどころではないようで。

「えっ、あの、もしかして……じゃあ、今、この瞬間も……俺のこと、好き……？」

うろたえながら、なんとか状況を整理しようと尋ねるイッチーに、谷北さんは再び顔を険しくする。

「だから、バカじゃないの⁉　何度も言わせないでよ！　好きじゃなかったらこんなとこ来てないでしょ！　こんな茶番にわたしまで巻き込まれて……恥ずかしい！　どうしてくれんのよ⁉」

「…………」

イッチーの顔が、一瞬にして赤らむ。

そして。

「えっ⁉」

ちょうどイッチーの股間の辺りに座っていた谷北さんが、焦《あせ》ったように腰を浮かせた。

「ちょ、ちょっと、何ムクムクしてんのよ⁉」

「あっ、ごめ……」

慌てて謝るイッチーを、谷北さんは赤い顔で容赦なく罵る。

「スケベ！　変態っ！」

だが、ふとひたむきなまなざしでイッチーを見つめて。

「好き……」

熱に浮かされたようにつぶやいて、谷北さんはイッチーの口元に自分の唇を落とす。

「…………」

白昼堂々の街中でのキスに、ニッシーと目を合わせる余裕もなく、俺は一人息を呑《の》んだ。

「ずっとこうしたかった」

唇を離して、谷北さんはせつなそうな、うっとりとした面持ちでイッチーを見つめる。

「…………」

イッチーも紅潮した頬で、信じられないような、夢見るようなまなざしを彼女に注いでいる。

「……ちょ、ちょっと谷北さん！　そこまでだよ！」

「ハウス！　ハウス！」

なんだかこのまま公道でおっ始まりそうな気配に、俺とニッシーが慌ててイッチーから谷北さんを引き剝がす。

気がついたら、ちゃもたろさんと彼氏はいなくなっていた。

そりゃそうか。


「はい、じゃあもう、二人は付き合うってことでいーですか？」

ニッシーが、ちょっと投げやりに言い放つ。

イッチーも起き上がって、俺たち四人は歩道の街路樹の傍《そば》の、人通りの邪魔にならないところに立っている。見せ物状態は脱することができて、とりあえずホッとした。

「…………」

イッチーと谷北さんは、無言でお互いの表情を探るように見交わす。

その様子を見れば、答えは「イエス」以外あり得ない。

そう思った俺は、イッチーの左手と谷北さんの右手を取って、互いに握らせた。

「……はい。じゃあ、そういうことで」

手を繫《つな》いだ二人は、わずかにお互いの顔を見て、うっとりしたように目を逸《そ》らす。

たぶん、まだファーストキスの余韻に浸っているのだろう。

「積もる話もあるでしょうし、あとはお二人でどうぞ」

ニッシーが言ってイッチーと谷北さんの背中を押し、二人は手を繋いだまま歩道を歩き出した。

「……あーあ。これでイッチーも彼女持ちかぁ」

通り過ぎる人々にまぎれて見えなくなっていく二人の後ろ姿を見送って、ニッシーがやれやれというようにつぶやいた。

「そうだね」

「ちぇー、つまんねぇことしちまったな」

口ではそう言っているけど、ニッシーだって清々《すがすが》しい気持ちでいるのは、その表情が示している。

手を繋いだまま遠くなっていく二人の後ろ姿に、最後にもう一度視線を送って。

「……お幸せに」

俺はそうつぶやいた。

◇

アカリ
加島《かしま》くん、今日はありがと！
「パパ」はもう全部ブロックしたから安心してね！
今ちょー幸せ！

その夜、谷北さんから来たＬＩＮＥを見て。

「……やっぱ谷北さんだな」

調子のいい内容に、思わず苦笑めいた笑いが漏れてしまった。

◇

翌日の夕方、俺は関家《せきや》さんの見送りに向かった。土曜日なので本当ならバイトの授業がある時間帯だったが、最後の時限の子が本人都合で振替になっている日だったので幸いだった。

急すぎるため、繁忙期の飛行機はちょうどいい時間帯の便が予約できなかったということで、なんと新幹線で行くことになったらしい。

「よぉ。わざわざ悪いな」

大宮駅で落ち合ったとき、関家さんの隣にはすでに山名さんがいた。今日もずっと一緒にいたのだろう。

関家さんは青いスーツケース一個とボディバッグだけで、三泊四日くらいの旅行スタイルに見えた。

「…………」

山名さんは口数が少なく、お通夜《つや》のような顔をしていた。

「ニコル……」

そんな親友を、月愛《るな》が気遣わし気に見守る。関家さんを見送ったあと、一人で平静を保てる気がしないからついてきて欲しいと、山名さんから頼まれたそうだ。それで、俺も一緒に行く流れになったのだった。

「……そろそろホーム行くか」

「うん……」

関家さんと山名さんの会話は少ない。別れの時間が近づいてきて、今さら何を話していいのかわからないのかもしれない。

関家さんが乗る新幹線は、十八時前に発車する。終点の函館《はこだて》で、今夜はビジネスホテルに宿泊するらしい。

春休みで混雑する夕方の構内を四人で移動して、新幹線のホームに到着した。

乗降口の場所には、ホームに引かれた線に沿って、客たちが列を作っている。その最後に、関家さんは山名さんを伴って並んだ。

ホーム上部に表示されている発車時間が、刻一刻と迫ってくる。

「……うっ……」

山名さんが、口元を押さえて泣き出した。

「笑琉《にこる》……」

関家さんが山名さんを抱き寄せる。その表情はさすがに辛《つら》そうだった。

「……月愛」

俺は月愛を呼んで、二人から少し離れた。

関家さんと山名さんは寄り添って顔を寄せ合い、小声で何事か語り合う。

「うう……」

山名さんは時々嗚咽《おえつ》し、溢《こぼ》れる涙が頬を伝う。

入線アナウンスがホームに流れ、流線形の先頭車両が速度を落としながら滑り込んでくる。

関家さんが乗る新幹線だ。

「関家さん……」

俺たちも乗降口に近づいて、乗り込もうとする関家さんに別れの挨拶をする。

「お元気で」

「おぅ。また夏休みな」

湿っぽい空気を振り払うみたいに、関家さんが大きく手を振る。

「……ムリぃ……」

そこで、山名さんが泣きじゃくりながらしゃがみ込んだ。

「夏なんてぇ……、まだ春だって来てないのに……ッ」

「笑琉」

関家さんが、山名さんの腕を取って立たせる。

ホームに出来ていた行列は、もうすっかり車内に飲み込まれてしまった。関家さんは自分のスーツケースを先に車内に入れて、両手で山名さんの身体《からだ》を支えた。

「……山名」

背を丸め、涙でぐちゃぐちゃになった彼女の顔に目線を合わせて、関家さんは囁《ささや》くように言った。

「一緒に来いよ……。お前と離れたくない」

初めて見る関家さんの表情だった。

いつもの取り澄ました、余裕ぶった面持ちはどこかに消えて、せつなく眉をひそめた、哀願するような顔つきだった。

「……！」

山名さんは、天啓に打たれたように目を見開いた。

何か言いたげに開かれた唇が、空虚に震える。

「……あ……」

そこで、発車ベルが無慈悲な音量で鳴り響いた。

「センパイ……」

山名さんの両目から、涙が滂沱《ぼうだ》のごとく溢れる。

「……あたし……っ」

喘《あえ》ぐような声で、溺れる人が波のまにまに顔を出して訴えるように、山名さんは告げた。

「……は……行け、ない……っ！」

涙はとめどなく溢れて、ホームの床に雨跡模様を作る。

「……そうか」

関家さんは、小さくつぶやいた。まるで道に迷った少年のような、心細い顔で。

関家さんの手が山名さんから離れて、その身体が新幹線の乗降口の奥へ吸い込まれる。

それを待っていたかのように扉は速やかに閉まり、二人の間を冷たい鋼板が隔てた。

窓から見える関家さんの顔が、次第に遠くなって、視界から消えていく。

最後に目に映った関家さんが、薄く微笑《ほほえ》んでいたことだけが救いだった。

「センパイ……ッ！」

山名さんは、ホーム上に膝を抱えて泣き崩れた。

「ニコル！」

月愛が駆け寄ってしゃがみ、その肩に手を回す。

「ひどいよ、センパイ。最後にあんなこと言って……！」

泣きじゃくりながら、山名さんは咳《せ》き込むように言葉を吐き出す。

「あたし、もう子どもじゃないのに。こっちで就職だって決まってるし、守らなきゃいけない生活もある」

月愛は眉根を寄せ、黙って親友の背を撫《な》でる。

「お母さん……あたし、お母さんを置いてはいけない……。あたしの、たったひとりの家族だもん……」

「……そうだよね、わかるよ」

月愛も涙ぐんで、山名さんに抱きつく。

「何もかも捨てて、センパイだけを信じて、遠い知らない土地についていって……？　そんな恋ができる季節は、とっくに終わったんだよ……」

「うん……」

「オトナになったんだよ、あたしたち……」

「……うん……うん」

深く頷《うなず》きながら、月愛は親友を、覆いかぶさるように固く抱きしめる。

ホームに棒立ちになって、それを見守る俺は。

新幹線の中で、今、関家さんは一人、何を思っているのだろうと思いを馳《は》せた。

◇

その後、俺たちは大宮駅の近くの繁華街にある居酒屋に入った。

「もう飲まなきゃやってらんないよ、こんな日は」

山名さんは、思ったより元気だった。その目は泣き腫らして赤いが、それ以外の様子はいつもの彼女に戻っている。

明るく賑《にぎ》やかな雰囲気の店内は、ちょっと山名さんのバイト先の居酒屋「ばっかす」を思い出させる。彼女が通常運転に思えるのは、このシチュエーションのせいもあるのかもしれない。

「うんうん、飲も飲もー！　今日はあたしも付き合うよ！」

親友を励ますためか、月愛も明るく振る舞っている。宣言通り、その手にはジムビームのジョッキが握られていた。

「リュート、いよいよ明日《あした》でハタチだね」

「そーなの？　じゃあ日付変わるまで飲んでたら乾杯できるじゃん」

「えっ⁉」

まだ十九時過ぎなのに、先が長すぎる。

「カンベンしてよ」

「だねー、あたしも明日仕事だし」

月愛が笑って味方してくれる。


そんな彼女だったが。


「……どーすんの、これ」

二時間後、月愛は俺の隣でテーブルに突っ伏し、重ねた両手に頬を載せて安らかな寝息を立てていた。

「う、うーん……。最悪タクシーかな……」

ここから月愛の家までは一万円近くかかるかもしれないけど、この際仕方ない。

「……ムリして付き合ってくれたんだよね。普段飲まないのに……あたしのために」

山名さんが頬杖《ほおづえ》をついて、流し目のような視線を親友の寝顔に注ぐ。

その手元には、氷が溶けて無色に近くなった梅酒のグラスがある。

「……あたし、もうムリかも」

ふと、彼女がそうつぶやいた。

「センパイと、別れようかな」

「……えっ……」

それはあまりに意外な言葉だったので、俺は山名さんの真意を測りかねて彼女を見つめた。

山名さんは、月愛《るな》の方に視線を向けたまま続ける。

「センパイに抱きしめてもらうと、不安が消えるんだ。でも、一歩離れたら、また不安になる。……ほんとバカだよね」

そうして頬杖を傾け、テーブルに倒れるようにして腕に顔を載せる。

「ほんとバカ……。だったらついていけばよかったのにね。そんなに大事な人なら。こんなに後悔してるなら……」

潤んだ瞳で、山名さんはテーブルを見つめてつぶやく。

月愛の向かいに座っている彼女には、酔っている様子はそれほどない。ドライブのときにはもっと飲んでいた気がするし、これは傷心ゆえの本音の吐露なのだろう。

「……この前、あんたが『俺にもそういうときがあった』って言ってくれたじゃん？」

少し考えて、マジカルシーで山名さんと話したことを思い出した。

──不安なんだよね。あたしと違って、センパイは他の女の子とも経験があるから。高校の同級生の中に、元カノもいるんじゃないかとか思っちゃって。

──俺も、そうだったよ。月愛と付き合いたての頃……月愛に対して、そういう不安を感じてるときがあった。

「ああ……うん」

「でもやっぱ、あたしとあんたは違うよ。ルナは浮気《うわき》なんてしないけど……センパイはどうかわからない」

硬い表情でそう言って、身を起こした山名さんはそっとため息をつく。

「あたしが信じられないのは、今までのセンパイじゃなくて……これからのセンパイなんだって気づいた」

再び頬杖をついて、山名さんは俺を見る。

「だって医者の卵だよ？　そんなの日本中の女が狙うじゃん。しかも、本命の彼女がいるのは東京なんて。センパイに浮気するつもりがなくても、女の方が全力で寝取りにくるよ」

「そんなこと……」

「ムリ。信じられない。もう同じ地面の上にもいないのに」

フォローしようとする俺の言葉を、山名さんはピシャリと遮った。

かと思うと、泣きそうに不安げな面持ちになる。

「……この先、いつもよりちょっと連絡が遅いだけで、きっとあたしは疑っちゃう。本人にぶつけちゃう。そんな醜い自分を、これ以上センパイに見せたくない」

そして、ぎゅっと眉根を寄せた。

「だったら、このまま……お互いにとって綺麗《きれい》な思い出のまま、この恋を終わらせた方がいい気がする」

静かな決意を秘めた口調で言うと、山名さんは自嘲のように微笑んだ。

「もうそれ以外、方法が思い浮かばないんだ。……あたし、バカだから」

「………………」

山名さんは、バカでも、愚か者でもない。

きっと、我慢をしすぎたんだ。

考えてみれば、高二の文化祭で再会したときから、二人にとってのいい時間は本当に少なかった。

関家《せきや》さんは、禁欲の浪人生活を四年も続けた挙句、合格の喜びも束の間《つかま》に、北の大地へ旅立ってしまった。

「何が正解だった？　仕事も、家族も、友達も……全部捨てて、センパイと一緒に行くべきだったのかな？」

両手で目元を押さえて、山名さんは涙声でつぶやいた。

「咄嗟《とっさ》にそんな決断ができるほど、あたしはセンパイを信じられなかった。信じさせてもらえるほどの、時間も言葉も、センパイからかけてもらえなかった」

……わかる、わかるよ。

けど。

「センパイと付き合ってから……会えない日が続いたこの三年間、あたしの心を支えてくれてたのはセンパイじゃない」

そう言うと、山名さんは疲れたような表情で微笑んだ。

「……あたし、本当は……蓮《れん》と……一番、離れたくなかったんだ」

「…………」

思いがけず出てきた友の名前に、俺はハッと息を吞《の》む。

「もしかしたら……あたしは、蓮と付き合った方が幸せなのかもしれない」

そう言って微笑む山名さんの顔は優しい。

「センパイとは、いつだって……『会いたい』って言うのはあたしからで。センパイにとっては、あたしなんかいてもいなくてもどっちでもいい存在なのかなって、いつも不安だった」

「…………」

違う。違うんだよ、山名さん。

――女はいいよな。すぐ自分から『会いたい』って言えて。

――山名に会いたい。

関家さんは、そういう人じゃないか。

君も知ってるだろ?

そんな彼を好きだったんだろ?

でも、言えなかった。

今それを言ったら、山名さんはニッシーを選ばずに、このまま遠い地にいる関家さんを想《おも》い続けるかもしれない。

俺のせいで。
部外者の、無責任な俺の言葉で。
――笑琉《にこる》が他の男のことを想っててもいいんだ。隣にいられれば。
友の積年の想いが、ようやく報われるかもしれない、この瞬間に。
俺はどうしたらいい？
山名さんが、二人いればいいのに。
なんて。
この期に及んで、そんな非現実的な望みを抱いてしまっている俺は……。
……関家さんだったら。
関家さんは、山名さんにどうして欲しいのだろう。

――言えるわけねーだろ。キモすぎるって。そんなキャラじゃないのに。

「…………」

山名さんに「伝えない」という選択をしたのは、関家さん自身だ。
だったら俺は……。
山名さんには、関家さんの決断を尊重して欲しい。
――辛《つら》いとき、よく妄想してたんだ。山名と結婚して、子どもが生まれて、俺が医者やってて……。家に帰ったら、あいつがガキの世話しながら夕飯作ってくれてて、『お帰り』って言ってくれて……それ見たら疲れも吹っ飛んで……。
――そういう未来を叶《かな》えるために、俺は頑張ってこれたんだよな。この三年半。

「……っく……」

気がつくと、俺は歯を食いしばって、涙を堪《こら》えていた。

「……なんであんたが泣いてんのよ？　シラフでしょ」

山名さんが、ちょっと呆《あき》れた顔で俺を見ている。

そして、ふと我に返ったように苦笑して、頬杖を解いて遠い目をした。

「……変だよね。なんであたし、あんたにこんな話してんだろ。ルナじゃなくて」

本当に。

俺もそう思う。

なんで今、山名さんの前にいるのが、月愛でも、ニッシーでも……関家さんでもなくて、俺なんだろう。

泣いている彼女を、抱きしめて慰めてあげることもできない役立たずなのに。

「……まぁ、あんたでもいいや。誰かに聞いてもらわないと、心が壊れそう」

少しやさぐれたように言って、山名さんは遠くを見つめる。

店内はピーク時を過ぎて、俺たちの両隣のテーブルには、宴会後の食べ散らかした皿やグラスが、もうずいぶん前から放置されていた。

そんな雑然とした店内を見渡して、山名さんは涙ぐみながらつぶやいた。

「もう、やめてもいいかな？　センパイを好きでいるの」

彼女がまばたきをする。化粧で伸ばされた長いまつげに弾《はじ》かれたように、涙の雫《しずく》がテーブルへ零《こぼ》れ落《お》ちる。

「しんどいよ……ムリ……もう限界だよ」

茶色の長い髪を、長い爪の指で梳《す》いて、山名さんは唇を震わせた。

「こんなに好きなのに……うまく行かない恋もあるんだね……」

絞り出すようなせつない声が、遠くの酔客の笑い声と溶けて、俺は余計に悲しくなる。

「ねぇ、あたし……頑張ったよね？」

ああ。

きっともう、この決定を覆《くつがえ》すことはできない。

彼女は選んだんだ。

関家さんではなく、ニッシーと生きていく道を。

「…………」

そう思ったら、もう涙は込み上げてこなかった。

山名さんは、とても辛かっただろう。

今この瞬間だって、きっとその心はちぎれてしまいそうに痛んでいるに違いない。

優しくしてあげたい。

今ここにいない、関家さんの分も。

もし将来、俺に子どもができて。

それがもし女の子だったら。

そして、彼女が目の前で悲しんでいたら。

もしかしたら、俺はこんな気持ちになるのかもしれない。

なぜかふと、そんなふうに思えて仕方なくなって。

「……!?」

テーブルの向こうから手を伸ばして頭を撫《な》でてきた俺に、山名さんは少し驚いた顔になった。

「………」

けれども何も言わず、ただ静かに涙を流した。

俺のこの手は今、関家さんの手だ。

「長い間、よく頑張ったね」

関家さんの、低く落ち着いた声色を思い出して。

関家さんだったら、彼女にどんな言葉をかけるだろう。

そんなことを考えながら、俺は言った。

「……もういいよ。お疲れさま」

囁《ささや》いた瞬間、山名さんの両目から涙が溢《あふ》れ出《だ》した。

関家《せきや》さんだって、山名さんがいなかったら、その長い浪人生活は、きっともっと苦しく暗く、辛いものになっていただろう。

彼女の存在が、どれほど関家さんの心の支えになっていたか。

俺は、よく知っている。

俺だけは。

俺の胸にだけは、一生留《とど》めておくから。

「好きだったよ。関家さんは……山名さんのことを。……心から」

だから、俺から言わせて欲しい。

関家さんの……そして、君の友達として。

「今までありがとう」

関家さんを好きでいてくれて。

彼に、数えきれない幸せを与えてくれて。

「……っ……」

そんなことを考えていたら、再び俺も泣いてしまって。

「だから、なんであんたまで泣くのよぉ……っ」

つられたように、山名さんが顔をくしゃくしゃにして嗚咽《おえつ》する。

「だって……」

恥ずかしいと思いながら、俺は手の甲で涙を拭う。

「だって、友達じゃないか……俺ら」

洟《はな》をすすりながら答えると、山名さんは少し笑った。

「……そっか」

その目尻から一雫の水滴が滑り落ちたが、新たな涙はもう湧いてこない。

「そうだね」

そう言って、ふとおかしそうに笑う。

「……あんたって、やっぱハチャメチャにいいヤツだね」

少し化粧が落ちて、汚れた目元で微笑《ほほえ》む山名さんは。

ちょっと目を合わせて笑った俺に向かって、自分のグラスを差し出し。

「かんぱーい!」

俺たちは、氷のなくなった梅酒と、とっくに空になっていたメロンソーダのグラスを合わせて乾杯した。

叶えられなかった夢は、どこへ行くのだろう。

関家さんが夢見た、山名さんと築く幸せな家庭は……生まれてきたかもしれない子どもの命は。

ここではない世界線のどこかで、きっと続いていく。

俺はそう信じたい。

だってそれは、関家さんにとっては、まるで本当に存在するみたいにいつも頭の中にあって、彼の魂の支えになっていた、ひとつの「現実」だったんだから。

そう思うことができたから。

……だから。

◇

仁志名蓮《にしなれん》
笑琉《にこる》と付き合うことになった

しばらくして、その連絡が来たとき。

俺は心からの笑顔でつぶやくことができた。

「おめでとう、ニッシー」

エピローグ

翌日の午後三時、俺は月愛《るな》と新宿で待ち合わせした。

俺の誕生日のお祝いをしてくれるらしい。

本当は一日有休を取ってくれていたのだが、マジカルシーや関家さんの見送りで最近急な休みを取りがちだったので、埋め合わせのために午前のみの出勤になったということだった。

「リュート！」

ビックカメラの入り口付近の雑踏にいた俺を見つけて、月愛が走り寄ってくる。

「待った？」

「ううん、大丈夫」

「リュートって、いつも先に来てるよね。あたしも遅れないように来てるんだけどな〜、悔しい」

「はは」

そんなことを話しながら、俺たちは歩き出す。

月愛の手が、俺のジャケットのポケットにするりと入ってきて、冬の惰性で暖をとっていた俺の手をつかまえる。

気温はだいぶ上がってきて、今日の最高気温は二十度らしい。

予想より少し開花が遅れていた東京の桜も、一両日中には満開になりそうだ。

春はもうすぐそこだ。


俺たちは東口を歌舞伎町の方へ移動して、映画館へ向かった。

今日は、久しぶりに二人で映画を見ようということになっていた。昨年、有名なアニメ映画監督の最新作が公開されて、そのロングラン興行がいよいよ終わりになるので、駆け込みで見ておこうという話になったのだった。

映画館なんて、三年前のバレンタインの日以来だ。あのときのことを思い出してドキドキする。

人で混み合う入り口付近からチケット売り場に向かおうとしたら、月愛が「こっち」と俺の袖を引いた。

「え？」

誰も待っていない小さなエレベーターに乗り込んで、月愛に導かれるままに着いたフロアで降りる。

「プ、プラチナロビー?」

白を基調にした高級感のあるフロントが現れて、俺は戸惑う。

「リュートのハタチの誕生日だから、ちょっとフンパツしちゃった」

「えっ⁉」

月愛がフロントに名前を告げると、係の人が通路を先導してくれる。そうして通されたのは、なんと個室の待合室だった。

無駄な広さはないが、高級感のあるファブリックソファが中央に鎮座して、心なしか照明もムーディな気がする。

「……え、何ここ、高かったんじゃない?」

ソファに腰を下ろして、係の人が出て行ってから問うと、隣の月愛は「エヘヘ」と笑った。

「だいじょぶ。あたし社会人だし」

そう言って、持ってきた紙袋から箱を取り出す。

「でも……ちょっとフンパツしすぎちゃったから、プレゼントはこれでい?」

テーブルに箱を置いて、月愛が蓋を取る。

「ケーキ作ったの。お誕生日おめでとう、リュート」

「……えっ、すごい！」

そのケーキには、市販ではあまり見ないタイプの飾りが載っていた。俺の年齢の「20」とか、「おめでとうリュート」と書かれたハート型とかの、色とりどりのパステルカラーのクッキーで表面が埋め尽くされている。

「美鈴《みすず》ちゃんがね、大阪にいたときアイシングクッキーの教室通ってたんだって。だから最近ちょっと教えてもらってるの」

「アイシング……？」

「お砂糖で絵描くの。こういうやつ」

月愛が、ケーキの上のパステルカラーのクッキーを指差す。

「そうなんだ」

「ケーキは、シャンドフルール時代にパティシエの人から教えてもらったコツを思い出した！」

月愛の人生にかかわる人が増えるほど、月愛はレベルアップしていく。

今までだって充分すぎるほど素敵な女の子だったのに、もっともっと魅力的な女性に成長していく。

「……ありがとう、月愛」

初めて見るアイシングクッキーとやらのケーキを見つめて、俺はそのことを実感して微笑んだ。

「にしても、昨日はごめんねぇー……。ハイボール一杯で寝ちゃうと思ってなかったぁ」

ケーキをしまった月愛が、顔の前で両手を合わせた。

「大丈夫だよ。今朝ちゃんと起きられた？」

「うん、四時に起きた」

「えっ、逆に早すぎじゃない？」

「でも、今日は仕事あるから朝からケーキ作らなきゃいけなかったし、メイクとかもちゃんとしたかったし。クッキーはもう昨日作ってたけど……そのせいで寝不足してたから、居酒屋で寝ちゃったんだけどね、へへ」

俺に気を遣わせまいとしてか、月愛はバタバタと慌ただしく言い訳する。

「最近仕事のことでちょっと悩んでたから、それで疲れが溜《た》まってたのもあると思う」

「そういえば、その仕事のことだけど……」

ずっと気になっていることを切り出すと、月愛はわかっているというように頷《うなず》いた。

「うん、エリマネに言ったよ。めっちゃ残念がってたけどね。いい人だから、あたしの気持ちを尊重《ソンチョー》してくれた」

「えっ……」

ということは……と思っていると、月愛は真面目な表情で俺を見つめた。

「あたし、福岡には行かない」

俺の息を呑《の》む音が、二人きりの静かな部屋ではっきり聞こえた。

「今日、正式に別の人に辞令《ジレー》が出たの。だから、やっとリュートに言える」

そう言って、月愛は俺に微笑《ほほえ》みかける。

「あたし、これからもリュートの傍《そば》にいるから」

「……そうなんだ……」

それこそ何年にもわたるような遠距離恋愛も覚悟していたから、ほっとしたような、気が抜けたような、不思議な脱力感に満たされた。

そこでふと、月愛が前に言っていたことを思い出す。

——あたしの気持ちはもう決まってるの。でも、きっと今より大変な道だと思うから……最後の決断ができてないだけ。

あれはどういう意味だったんだろう?

「……月愛は、それでいいの？」

「うん。あたし、もっと他にやりたい仕事があるから」

そこで、部屋のドアがノックとともに開いて、着席時にオーダーした飲み物を係の人が持ってきてくれた。

背の高いグラスに入った、細かく泡立つ淡い金色の飲み物が二つ。

「シャンパン、お持ちしました」

その他に、高級チョコレートの包みが入ったグラス、ジェラートやマドレーヌの皿を置いて、係の人は去っていった。

「溶けちゃうね……まずこれ食べよっか」

そう言ってジェラートを食べてから、スプーンを置いて月愛が口を開いた。

「あたし、保育士になりたい」

「えっ……」

思いがけない告白に、チョコレートを口に入れた俺の動きが止まった。

「ほ、保育士？　って、保育園の先生のことだっけ？」

俺の言葉に、月愛は頷く。

そして、少し微笑んだ。

やわらかい、優しいまなざしで。

「あたし、赤ちゃん好きなんだぁ。陽菜《はるな》と陽花《はるか》に会うまで、自分でも知らなかったんだけど」

テーブルのシャンパングラスの辺りを見つめて、月愛は目を細める。

「子どもってカノーセイの塊だよ。『この子にはどんな花が咲くのかな』って、毎日お世話しながら考えるの。髪留めで遊んでたら美容師さんかなとか、ボール遊びしてたらバレーボール選手かなとか。単純すぎる？」

俺を見て照れたように笑ってから、月愛は再びこちらに横顔を向ける。

「でも、そうやって見守り続けてると、ある日ふと気がつくの。もう決してあと戻りできない成長のしるしに」

そのまなざしに、強い光が宿る。

「そして、感じるの。あたしも、この子たちと同じように、あと戻りできない、一度きりの今を生きてるんだって」

そう言うと、月愛はちょっと照れ臭そうに俺を見て、真面目になっていた表情を和らげた。

「アパレルは、流行が早すぎて。いつも新しいオシャレな服を着れるのは上がるけど、現場にいるとちょっと疲れちゃうんだよね。前のシーズンには流行《はや》ってたものが、もう見向きもされないこともある。そういうのに、なんか、うまく心がついてけなくて……。お客さんは、まだその服を着てたりするわけじゃん？　あたしが、ついこの前『流行ってますよ』って薦めて買わせたのに……なんか、それがウソになっちゃったみたいで。それで『もうそれは流行ってません。次はこっちです』って新しいのを買わせたら、なんか……それって、ほんとにサギ師っぽいじゃん？」

月愛《るな》がウソをつけない人間なのは、俺もよく知っている。

「……そういうのが、ちょっとだけ苦しいんだよね」

そう言って、彼女は苦笑いのような顔になった。

「なんか……なんだろね。向いてるとは、自分でも思ってたんだけどな。接客は楽しいことのが多いし」

月愛は生まれながらの陽キャで、人付き合いは俺の何十倍も上手だと思うけど……ほんの少しだけ不器用なところがあるのを感じる。

それがきっと、こういう面に表れているのだろう。

「でも月愛、保育士ってことは……資格試験を受けるの？　今の仕事はどうするの？」

月愛は落ち着いた表情で頷く。

「うん。あたし高卒だから、資格取るには専門学校に通わないといけないっぽいんだよね。だから、シフトの自由が利くように副店は降ろしてもらって……ムリならバイトに戻るとかかな？　そんなことできるのかな？　まだ相談してないからわかんないや」

「そっか……」

「無職で学校通うのはお金ヤバいじゃん？　だから、どっちにしろ働きながら専門通うことになると思うんだけど……たぶん今より忙しくなると思うんだよね」

これからのことを考えているのか、その眉間が少し険しくなる。

「それにあたし、ベンキョー苦手だからさ〜、それも心配」

と言って、月愛はテヘヘ笑いをする。

でも、そんな彼女が、自ら勉強する道を選ぶなんて。

それほど、なりたい職業を見つけたということなんだろう。

「でも、やるって決めたんだ。このまま『なんか違うな』って思いながら今の仕事を続けて……福岡で店長になって、今の道でどんどんキャリアを作っていったところで、それはあたしの行きたい場所には絶対に辿《たど》り着《つ》かない道じゃん？」

俺の目を見ながらも、月愛は自分に言い聞かせるように言った。

「だから、もう頑張るしかないんだ」

「……そっか」

清々《すがすが》しい表情の月愛を見て、俺はもう余計な言葉をかける必要はないと悟る。

「応援してるよ」

「ありがと！」

月愛はニコッと笑った。

女神みたいな、俺を魅了してやまない笑顔で。

「さっ、飲も飲も！」

月愛に言われて、俺はシャンパンのグラスを手にする。

「お誕生日おめでとう、リュート」

二人しかいない個室で、しっとりした声色で言って、月愛が俺の目を見つめる。

「リュートのハタチのお祝いと……」

そう言ってグラスを掲げる月愛の手元に、俺も自分のグラスを近づける。

「月愛の新たな門出に」

俺の言葉に、月愛はくすぐったそうに笑って。

「カンパイ♡」

チン、とグラスが軽やかに鳴った。

月愛がグラスに口をつけるのを見て、俺も自分のシャンパンを一口飲む。

「………………」

「……オトナの味はどう？」

月愛がお姉さんぶった顔で、興味深げに俺を見つめる。

だから、正直なことを言うのは、少し悔しいけど。

「……ちょっと苦い……」

唇についた雫《しずく》を舐《な》めて顔をしかめる俺を見て、月愛は屈託ない表情で笑った。

「ふふ、リュート可愛《かわい》い♡」

そして、俺の方に身体《からだ》を乗り出して、顔をのぞき込むように、短いキスをしてくれた。

◇

上映開始前に、再び係の人に誘導されて向かった劇場のプラチナルームは、二人専用のバルコニー席だった。

やたらとフカフカなソファは二人で座るには充分すぎて余りあるほどの広さで、座るとスクリーンと同じ目線の高さになる。下をのぞいてみると、階下にはずらりと並んだ一般の客席が見える。まるでバルコニー席から優雅にオペラを鑑賞する中世貴族のような気分だ。知らんけど。

「わ〜めっちゃフカフカ！」

月愛はソファに身を沈めて喜んでいた。

「なんか寝れちゃいそ〜！」

その言葉が前フリになっていたことに気づいたのは、映画が始まってから、体感で一時間ほど経《た》った頃。

「……？」

肩に寄りかかられる感触があって見ると、月愛が俺の肩にもたれていた。その目は閉じていて、軽い寝息も聞こえる。

「…………」

今日も寝不足だし、上映前にシャンパンを飲んでしまったせいもあるだろう。

あまりにも気持ちよさそうに寝ているので、起こすのも憚《はばか》られる。

三年前に映画を見たときのことを思い出した。あのときも、こうして月愛に肩を貸した。

あれから三年か、と改めて思った。

目の前のテーブルには、飲みきれなかったシャンパンのグラスが立っている。底の方から、細かい泡が途切れることなく立ち上っている。

トイレでこっそり調べたら、このプラチナルームの値段は二人で三万円らしい。

——だいじょぶ。あたし社会人だし。

——でも……ちょっとフンパツしすぎちゃったから、プレゼントはこれでい？

俺の節目の歳《とし》だから、無理して特別なお祝いをしてくれたのだろう。

そう思ったら、心の底から愛おしさと感謝が湧いてくる。

月愛が隣にいてくれるだけで、俺は充分なのに。

膝の上に投げ出された月愛の手を、俺の膝の上に持ってきて、手を繋《つな》ぐ。

「…………」

これで起きるかな、と反応を見たけど、月愛はわずかに首を動かしただけで、目を開ける気配はなかった。それならもうしょうがない。

月愛の匂いと、ぬくもりを感じながら。

少しだけ筋が曖昧になってしまった映画に再び集中すべく、俺はスクリーンを見つめた。

◇

「あー、まさか今日も寝ちゃうなんて思ってなかった〜！」

映画館の隣にあるビルの和食レストランで、月愛が思い出したように顔を覆う。

月愛が予約してくれた、かまくら風の個室の中で向かい合って、俺たちは夕飯を食べていた。

「仕方ないよ、疲れてたんだから」

「どうなった？　世界は救えた？」

「救えた救えた、二人の愛の力で」

「二人はどうなったの？」

「ん〜、またきっと会おう的な感じで、ヒロインは家に帰ったよ」

「えっ、なにそれ⁉　あんなに愛し合ってたのに⁉」

「まぁ、あの監督の作品っていつもそうじゃん」

「え〜……」

俺に教えてもらった映画の結末に、月愛は不満があるようだ。

「あんな大恋愛したなら、結婚して欲しかったなぁ」

月愛は恋愛要素のある作品を見ると、必ず「結婚して欲しい」と言う。

それはきっと、彼女にとっての恋愛の憧れがそこにあるからだろう。

その憧れを叶《かな》えるべく、俺は頑張ってるから。

フィクションの恋愛の結末に満足できなくても、今は許して欲しい。

なんて。

心の中では、俺は詩人で饒舌《じょうぜつ》だ。

「……ね、全然カンケーないんだけど」

不意に、月愛が話題を変えた。

「この前、エリマネにちょーヤなこと言われたの！」

その顔には、彼女には珍しく怒りが表れている。

「最近あんまり彼氏と会ってないって言ったら、『じゃあ絶対フーゾク行ってるぞ』って」

「えっ」

「リュートは……そんなとこ、行ってないよね……？」

「い、行ってないよ」

思いもかけない嫌疑をかけられたことに動揺して、噛《か》んでしまったことにさらに狼狽《うろた》える。

「……ほんと？」

案の定、月愛《るな》は不安げな上目遣いで尋ねてくる。

「うん」

俺は深く頷《うなず》く。

「……知らない人と触れ合うのとかイヤだし、わざわざ高いお金払ってまでそんな思いしたくないっていうか……。びょ、病気とかも怖いし……そもそも、俺には月愛がいるし」

「でも、エリマネは『男ならみんな行ってる』って」

月愛はほとんど涙目になっている。それが可愛くて、でもかわいそうで、身の潔白を証明したくて気持ちが焦《あせ》る。

「いや、さすがに『みんな』じゃないよ……。そのエリマネさんの周りは『みんな』なのかもしれないけど、俺はたぶん、そういう人たちとは仲良くなれないし……。少なくとも、俺の周りの男友達は、誰も行ってないと思うよ……」

「そうなの？　ほんとに？」

「うん……ほんとに」

俺が重ねて頷くと、月愛は一旦落ち着いた様子になる。

「じゃあ、ムラムラしたときはどーするの？」

「……エッチなもの見たり、月愛のこと考えたりして、一人で……」

「まだ、あたしでしてくれてるの？」

月愛は、ようやく不安が晴れた顔で、こちらに身を乗り出す。

こういう話は恥ずかしいのに、月愛はこの話題が好きみたいだ。

「付き合ってもうすぐ四年経つのに？」

「死ぬまでするよ」

ヤケクソで答えた俺に、月愛はちょっと目を輝かせたあとで、頬を膨らませる。

「えー、それはやだ。……一緒にしよーよ」

「えっ……!?」

大胆な月愛のセリフに、俺は耳を疑って絶句する。

そんな俺から、月愛は恥ずかしそうに目を逸《そ》らした。

「……バイトに戻ったら、シフトの休み、多めにもらえるじゃん？　だから……二人で旅行しない？　夏の頃に、沖縄とか。三泊くらいで」

「さ、三泊……」

月愛と南の島で過ごすめくるめく夜の妄想が瞬時に脳裏をよぎって、俺は生唾を呑《の》む。

「……リュートが傍《そば》にいないと、呼吸がうまくできないの」

ふとつぶやかれた声に見ると、月愛はテーブルの上の烏龍茶《ウーロンチャ》を見ていた。

「リュートといるときだけ、ちゃんと生きてるって思えるの」

その唇には微笑が表れ、瞳には艶《なま》めいた熱っぽさが浮かんでいる。

「リュートの心臓は、あたしのもうひとつの心なの」

そして、月愛は俺と目を合わせる。

「卒業してから二年間、ずっとそうなの」

恥ずかしそうに俺の目をちらちら見ながら、月愛はそっとつぶやいた。

「だから、そろそろ……ね？」

「……うん」

早鐘を打つ心臓の音を聞きながら、俺はぎこちなく頷いて、自分の烏龍茶を飲んだ。


食事を終えて店を出た俺たちは、ビルを七階から一階に降りて、通りに出ようと店のドアを開けた。

通りに上がるためには、数段の階段を上る必要があった。その階段の上には、仲睦《なかむつ》まじげな若い男女がこちらに背を向けて立っていた。

パンクロック風の黒ずくめコーディネートの二人で、彼氏の手が彼女の黒いプリーツミニスカートに伸びている。

「……!?」

次の瞬間、その手がスカートをめくって、黒いレースのTバックから溢《こぼ》れた白いお尻が、ぷるんと姿を現した。

彼氏の手が、そのお尻を愛《め》でるように撫《な》でさする。

階下にいた俺たちの、ちょうど目の前で繰り広げられる一幕に、驚きすぎて目が釘《くぎ》づけになってしまった。

「……んッ、オホン」

月愛が、親切に咳払《せきばら》いをする。

そこで彼氏の手がお尻からサッと離れ、カップルは慌てたように俺たちを振り返った。

「………」

その横を通り過ぎて十秒ほど、二人とも無言だった。

「……キレイなお尻だったね。小さくて」

ぽつりと、月愛がつぶやいた。

「……うん」

「って、リュートも見たんだ？」

「えっ、だ、だって目の前だったじゃん、見ちゃうよ」

慌てる俺を見て、ちょっと怒ったような顔をしていた月愛は、眉を下げて「ふふ」と笑った。

「二人きりになるまで我慢できなかったのかな、あの彼氏」

「そうなのかな」

妙なハプニングに出くわしたドキドキを押し殺して、俺は言葉少なに答えた。

月愛と俺は、手を繋いで靖国《やすくに》通りを駅へ向かって歩いていた。昼間は暖かかったけど、夜風はやはりまだ少し冷たい。

——二人で旅行しない？　夏の頃に、沖縄とか。三泊くらいで。

月愛の言葉を思い出し、手の中のぬくもりに胸が高揚する。

「……あたしたちって、ちょっと変なのかもね」

しばらくして、月愛が少し恥ずかしそうにつぶやいた。

「……かな」

俺も恥ずかしくなって、苦笑めいた微笑を噛み殺した。

世界は性欲で回っている。

街には美しい男女のグラビアが溢れ、SNSを開けばセクシーな姿の美少女イラストが目に飛び込んでくる。

男性は五十二秒に一回性的なことを考えていると、何かの記事で読んだことがある。さすがにそれは、ちょっと大げさなんじゃないかと思うけど。

男の脳内はエロに支配されている。俺たちみたいに若い男なら、なおさらだろう。

でも、俺は君に、性欲以上のものを感じている。

それがなんなのかって、恥ずかしくて口に出したことは一回もないけど。

俺の中には、確かに、ずっと存在している。

その愛が、俺の中の獣を押さえつけている。

君の華奢《きゃしゃ》なのに肉づきのいい身体《からだ》を押し倒して、泣かせてしまうほどめちゃくちゃに愛し合う妄想は、頭の中で何百、何千回繰り広げられたかわからない。

でも、現実の君に会うと。

俺は君に優しくしたくなってしまう。

悲しい顔は見たくないし、いつも幸せそうに微笑《ほほえ》んでいて欲しい。

一生大切にしたい。

その心も、身体も。涙の一粒でさえも。

通りすがりの知らないカップルに、君の大事な身体の一部を見られたくない。

だから、そういうことをするときには、絶対に二人きりでいられる場所で。

月愛の納得したタイミングで。

そのときが、ついにやってきた。

やってくるんだ。

◇

四月になった。

大学が始まって、新たな講義要項を手に入れた俺は、今年度の時間割を決めるべく、久《く》
慈林《じばやし》くんと落ち合った。

「加島《かしま》殿。増上寺の桜はご覧《ろう》じたか？」

「ううん。まだ咲いてるの？」

「満開ぞ。見事であった。東京タワーからの眺めは圧巻であろう」

「そうなんだ」

「見に行かれるか？　ならば、お供いたそう」

そんな流れで、なぜか俺は久慈林くんと歩いて東京タワーまで行くことになった。

東京タワーのメインデッキから見下ろす芝公園一帯の桜は、確かに素晴らしかった。あまりお花見目当てに立ち寄る人はいないようで、観光客は思わぬ絶景に歓声を上げていた。

「……春だね」

俺も高揚した気持ちになって、思わずつぶやいた。

「春来ぬと、人は言えども、鶯《うぐいす》の、鳴かぬかぎりは、あらじとぞ思う……」

「え？」

ガラス越しの景色に視線を注いだまま、突然和歌を詠じ出した久慈林くんに戸惑っていると、彼は言った。

『春が来た』と人は言うが、鶯が鳴くまでは春は来ていないと思う……という歌である。作者は壬生忠岑《みぶのただみね》。出典は『古今和歌集』」

「……なるほど」

「現代の都会で鶯は鳴かぬから、春は永遠に訪れぬ」

「はぁ」

「小生の人生と同様に」

「………………」

その「春」っていうのは、そうか。恋愛的な意味のことか。

眼下の桜を通り越して遠い目をしてしまった久慈林くんに、俺はなんとなく申し訳ない気持ちになった。


そうして俺たちはメインデッキにあるカフェでお茶をしながら、テーブルに講義要項を広げて、時間割の相談を始めた。

「……久慈林くん、その三限の国語学取るの？　じゃあ俺も取ろうかな」

「しかし、だとすると少々講義を詰め過ぎではあらぬか？　三年にもなって……加島殿には就活もあろう？」

「教職取ってるから、多くなるのは仕方ないよ。四年はゼミくらいにしたいから」

「彼女と過ごす時間が減っても良いのか？」

チクリとした口調で刺されて、俺は愛想笑《あいそわら》いを浮かべる。

「大丈夫、向こうも忙しいし。それに……」

顔を上げて、俺は窓の方を見る。多くの観光客の頭越しに、昼下がりの晴れた空と東京の景色が遠くまで見えた。

「……夏休み、彼女と泊まりで旅行することになったんだ」

踊り出しそうな心を抑えて言うと、久慈林くんが「ふむ」と唸《うな》った。

「本日の貴君が浮き足立っていた理由はそれか」

「えっ？」

見抜かれていたのか、と思ったら恥ずかしくなって、自分で顔が赤らむのがわかった。

「……貴君ら、旅は初めてであるのか？」

探るような久慈林くんの視線を受けて、俺は少し焦《あせ》る。

「う、うん。今まで彼女が忙しかったりして……」

「それにしても、まるで初めて枕を交わすかのような浮かれようであるな。旅行は初めて
でも、共寝の夜は初めてではあるまいに」

久慈林くんの眼鏡越しの瞳はさらに鋭くなって、まるで尋問中の敏腕刑事のようにおっ
かない。

それを見て、俺は、ついに彼に真実を告げる機会が来たのではないかと思った。

「いや……あのさ、実は、なんだけど」

へどもどし始めた俺を、久慈林くんは油断のない顔つきで見張る。

「確かに、何年も前から……俺も彼女も、そういうことをする気持ちは充分あったんだけど……」

恥ずかしくなって、講義要項に視線を落とす。しかし、目は文字の上を鮮やかに滑走した。

「っていうか、今もちゃんとあって。ただ……」

目を上げると、久慈林くんはやはり俺をまっすぐ見据えていた。

「ちょっとだけ長い話になるんだけど、聞いてくれるかな……？」

そこで、久慈林くんの顔に焦りのようなものが浮かんだ。

「しょ、少々待たれよ、加島殿」

両手を胸の前に上げて、「待て」のジェスチャーをする。

「よもや……よもやよもやとは思うが……」

ありえない、という顔をしながら、久慈林くんは口を開く。

「もしや……」

そう言って、一度息を呑《の》んでから。

「貴君も……童貞妖怪であるのか……？」

おそるおそる尋ねる久慈林くんに向かって。

俺は、ぎこちなく頷《うなず》いた。

あとがき

キミゼロ、突然の大学生編突入です。いかがでしたでしょうか？

五巻のラスト一文は、実は読者の皆様に向けてのメッセージでした。

この展開の構想については、三巻の頃から担当さんと話し合ってきまして、サプライズの形にするため、発売前のあらすじ等でも伏せていただいておりました。

三年経《た》ったことで、海愛《まりあ》を物語の中心に戻すことができてよかったなと思います。

五巻の続きである龍斗《りゅうと》の高三時代のエピソードは、現在ドラゴンマガジンにて短編連載の形で執筆させていただいております。まだまだ高校生の月愛《るな》たちに会いたい、という読者の方々は、ぜひドラマガの方もご覧くださいませ！

大学生編を書き始めたら、大学時代の陰キャでHSP全開な記憶が次々に蘇《よみがえ》ってきて、マジで辛《つら》かったです。龍斗がますます私に近づいてきてしまいました。もうほぼ私です。

法応大学は、法政大学と私の母校の慶應義塾大学《けいおうぎじゅくだいがく》をもじらせていただいた架空の大学名なのですが、今回執筆するに当たって、まんま私の母校になってしまいました……。まあでも、大学ってたぶんどこもそんなに変わらないですよね（造りとかシステムとか）、と言い訳させてください。

自分が酒にまみれた学生時代を送っていたので、今どきの子たちはそんなに飲まないとわかっていながら、酒なしの学生生活が想像できず、酒を飲まさずにはいられませんでした。担当さんにもツッコまれましたが、「長岡《ながおか》さんだから仕方ないですね」とお目こぼしをいただきました。龍斗の三月生まれ設定がここでこんなに活《い》きてくると思ってませんでした（前巻、そういえば龍斗の誕生日をやってないと気づいて慌ててねじこんだ次第です）。

そんな私だって、学部生時代はビールを一口飲んで「苦っ……」と顔をしかめていたんですけどね。ちなみに当時よく飲んでいたのはウーロンハイです。

そして、新キャラ久慈林《くじばやし》くんにつきまして。うちの担当さんが早速「クジリン」というあだ名をつけてくれたので、よかったら皆さんも呼んであげてください。

クジリンは、私の大学時代の男友達がモデルです（イケメンなのに自己評価が低い童貞、という設定は、拙デビュー作『中の下！』の黒川のモデルにもなっています）。

さすがにあんな喋《しゃべ》り方ではなかったですが（そこは別にモデルがいます）、彼がいてくれたお陰で、大学時代の私がとても救われていたのは、龍斗にとってのクジリンと同じです。大切な親友でした。彼がどこかでこの本を読んでくれていることを願います。

今回もイラストのmagako様には繊細で美麗な素晴らしいイラストの数々を描いていただきまして、お忙しいところ本当にありがとうございます！

担当編集の松林《まつばやし》様にも、相変わらずお世話になりっぱなしです。いつもありがとうございます！　気心知れすぎて、たまにいろいろ雑になっちゃってごめんなさい！

また、アニメ化をきっかけに仲良くさせていただくようになった、脚本家・作家の福田《ふくだ》裕子《ひろこ》様（キミゼロではシリーズ構成をご担当）、アニメーターの伊藤陽祐《いとうようすけ》様（同じくキャラクターデザインご担当）には、本巻の執筆期間中にもお話し相手になってくださり、私の創作意欲を支えていただいて大変感謝いたしております。この歳《とし》になって、時間を忘れて夢中で話していたいと思える友人を二人も得られたことを、心から幸せに思います。

アニメチームの素晴らしい皆様のお力によって、アニメの方も着々と完成に向かっております。どうぞ楽しみにお待ちくださいませ！

それでは、七巻でまたお会いできますように！

二〇二三年二月　長岡マキ子《こ》

お便りはこちらまで
〒一〇二‐八一七七
ファンタジア文庫編集部気付
長岡マキ子（様）宛
ｍａｇａｋｏ（様）宛

富士見ファンタジア文庫

経験済《けいけんず》みなキミと、経験《けいけん》ゼロなオレが、お付《つ》き合《あ》いする話《はなし》。その6

令和5年3月20日　初版発行
令和5年4月30日　再版発行

著者——長岡《ながおか》マキ子《こ》

発行者——山下直久
発　行——株式会社KADOKAWA
〒102-8177
東京都千代田区富士見2-13-3
0570-002-301（ナビダイヤル）
印刷所——株式会社暁印刷
製本所——本間製本株式会社

ISBN978-4-04-074540-4 C0193 ◇◇◇

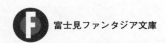

切り拓け！キミだけの王道
ファンタジア大賞
原稿募集中！
賞金
《大賞》300万円
《金賞》50万円
《銀賞》30万円
選考委員
細音啓「キミと僕の最後の戦場、あるいは世界が始まる聖戦」
橘公司「デート・ア・ライブ」
羊太郎「ロクでなし魔術講師と禁忌教典《アカシックレコード》」
ファンタジア文庫編集長
前期締切 8月末日
後期締切 2月末日
公式サイトはこちら! https://www.fantasiataisho.com/